GOBOOKS & SITAK GROUP©

三日月書版

三日月書版

matthia
mine
三日月書版
BL067
請勿洞察
volume
two
[02]
Seek|No|Evil

SEEK NO EVIL

[洞 察 即 地 獄]

Levan × Laird

Presented by matthia

SEEK NO EVIL

【contents】

VOLUME TWO

Seek No Evil
CLASSIFIED
INVESTIGATOR
FILE. 1
調查員檔案
萊爾德・凱茨
NAME | Laird Kites
AGE | 25
RACE | [redacted]
OCCUPATION | [redacted]
→靈媒大師

Seek No Evil
CLASSIFIED
INVESTIGATOR
FILE. 2
調查員檔案
列維・卡拉澤
NAME | Levan Kaladze
AGE | 30
RACE | 喬治亞裔 Georgian
OCCUPATION | 獵犬 Hound

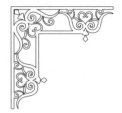

SEEK NO EVIL

CHAPTER NINE

【我們的少女】

列維聽到類似發射氣槍的聲音。身後的怪物憤怒地吼了一聲，沒有繼續追他。

他閉著眼繼續跑，另一道腳步聲靠近他，然後有人拉住了他的手臂，是萊爾德。萊爾德說可以睜眼了。他們沒有停下，只想著離那東西越遠越好。也不知跑了多久，直到萊爾德跑不動了，他們才漸漸放慢腳步。

萊爾德看了看周圍，彎下腰大口喘著氣，還一手拉著列維的衣服。

「這就跑不動了？」列維回頭看他。

「因為被你打傷了。」

「之前你表現得十分硬漢，好幾次說這點小傷不算什麼。」

「硬漢也有脆弱的一面……咳咳……」萊爾德挪了挪手提箱的位置。這箱子不知何時多了一條肩背帶，變成了側背款式。

灰色樹林一片寂靜。兩人喘過氣來，繼續向前走，也許先一步逃走的傑瑞和肖恩也在附近。

列維問：「剛才你對那玩意扔了什麼東西？煙霧彈？」

萊爾德深呼吸著，終於能站直了，「扔東西？啊……你竟然沒看到！你竟然沒看到我帥氣神準的射擊畫面……」

「是你叫我閉眼的。」

萊爾德刻意滿臉失望，「我對它開了一槍，但不是原來那把槍。我看到你對它開槍的效果了，子彈對它造成的傷害有限，所以我對它打了一發這個東西……」

列維這才發現，萊爾德手上拎著一把黑色小巧的槍，但和真槍有點不同。

「防爆催淚槍[1]，」萊爾德說，「我打中它的眼睛了。其實打在它面部附近就可以了，但我覺得反正它又不是人，也許打準一點更好。因為我怕失手，所以叫你也閉上眼。」

列維嘖嘖搖頭，「你有這種射擊能力，怎麼不換威力大一點的槍……」

「我早就說過了，我帶槍是為了防身，不是為了真的要殺什麼。」萊爾德從胸前的口袋裡重新拿出平光眼鏡，戴上，還攏了攏頭髮，「而且那個怪物很危險，絕對不好對付，還是跑掉更好。」

列維皺起眉，「如果遇到什麼都跑，那我們是進來調查什麼的？說到這個，我們應該提前做點準備，如果有機會，最好能帶一隻怪物回去……死的也行。」

萊爾德被這話震驚到了，他憂心地看著列維，「你認真的嗎？我發現……其實你比我瘋多了……」

列維說：「這不是瘋。關於那怪物，我有一些猜測……」

1　槍形狀的催淚武器有兩種，一種是打出去彈藥，彈藥爆出催淚煙霧；另一種是噴出特殊液體的形式，射程只有幾公尺，直接噴目標，不是在一定範圍內瀰散。萊爾德的那把槍是後一種，也可以裝彈，但「彈」長得有點像小口服液瓶，不是射出去的那種子彈。

「你覺得那怪物曾經是人？」萊爾德問。

「你也這麼想？」

「顯然它的臉是人的模樣，」回憶那東西的肢體細節時，萊爾德還是有點發冷，「而且……它還說話了，是吧？」

列維聽得比萊爾德更清楚。那東西確實說話了。它一直在嘰嘰咕咕地出聲，但並不是每個發音都能稱之為「語言」，它的語言功能大概已經壞掉了，所以會說錯很多次，才能找到正確的單字和發音。

「你還記得我們在凱茨家的時候嗎？二十三號上午。」萊爾德問。

凱茨家不也是你家嗎……列維在心裡嘀咕了一聲，但決定還是不要進行這種無意義的對話。

「當然記得。」他說。

萊爾德說：「你打完我，我聽到兩個生物在行動，一個在追逐，另一個在逃跑，一個腳步比較沉重，另一個輕盈些……最後還有個男人的聲音……現在想起來，也許我聽到的就是它們的動靜。」

「它們會跑到離『門』那麼近的地方嗎？」

萊爾德聳聳肩，「誰知道呢？『伊蓮娜』還能從門裡伸出手呢。」

列維說：「那我們怎麼回不去？在一開始的那棟房子裡，我們沒找到能回去的門。」

「它們去的不一定是那間房子啊。」萊爾德說，「還記得嗎？我們每個人看到的東西都不一樣，同時在場的人才能看到相同的東西。」

列維說：「如果你聽到的真是怪物在『打獵』……那我大概能猜到為什麼比較小的怪物沒有皮了……」

萊爾德也說：「對……我還猜到了為什麼有些怪物沒有手臂……」

「或者為什麼手臂生長的地方不對……」

兩人都沉思了片刻。也不知道是「有個怪物會剝皮撕手」比較噁心，還是「其他怪物都沒有皮，但還活著」更加噁心。

他們最初看到的血紅色生物形態詭異，肢體扭曲，手臂長在胸前。按照現在的推測來看，既然灰色怪物可以把其他生物的皮膚、手臂、肌肉連接在自己身上，那麼也許血紅色怪物也能這麼做吧……它失去了手臂，然後再重新得到一雙，說不定它可以把新手臂黏在胸口……天知道它們是什麼，是靠什麼機制來生存。

「還有一點，」萊爾德說，「我也隱約猜到了它為什麼要眼球……」

「為了吃。」列維說。

「是為了吃。但你不覺得奇怪嗎，它為什麼非要吃眼球呢?怪物不是一般都吃腦子嗎?」

「誰規定怪物都得吃腦子了?」列維嗤笑，「還是吃內臟的比較多。」

萊爾德聞言一愣，問:「比如呢?什麼東西吃內臟?」

「別扯遠，繼續說。剛才你想說什麼?它為什麼要眼球?」

「沒有眼睛，就看不到了……」萊爾德說，「米莎對父母說『你看到她，她就也能看到你』，那份日記裡說『洞察即地獄』……如果那怪物真的曾是人類，那麼它肯定不是為填飽肚子才吃那些……日記裡寫著，這裡不需要飲食。所以我猜……也許它是不想被『看到』。如果別人沒有眼睛，那麼它能看見這一切，別人看不到它。」

列維暗暗咬緊了牙。他在回憶剛才與怪物的對峙，如果真如萊爾德所猜的那樣，這怪物比單純的獵食者更加令人生理不適。

萊爾德繼續說:「還有，你想想那些紅色的東西……它們的眼球為什麼在嘴裡?」

「它們的手臂都能隨便長，眼球當然也可以隨便長。」列維說。

「不完全是隨便的吧，」萊爾德說，「長在嘴裡，就可以不暴露出來，能保護它。當它們需要『什麼也不看』的時候，它們就能徹底地不看。」

萊爾德邊說邊起了一身雞皮疙瘩，說完就來回摩挲自己的手臂。

列維說：「如果是這樣……最像人的那個灰色的玩意，它怎麼不把自己的眼球也放嘴裡……」

這句話只是他隨口感嘆的，萊爾德卻認真思索了起來，「對了，它有沒有可能是那個寫日記的人？」

你多半猜對了。列維在心裡默默說。他不知萊爾德是否留意到那怪物身上的金屬片，就算留意到了，大概也不知道那是什麼。

萊爾德接著說：「假如他真的是人類，而且真的是寫日記的那個人……那一切就說得通了。」

「怎麼說得通？」列維問。

萊爾德說：「他肯定是專門跑到這個地方來調查的。就像你剛才說的一樣，如果遇到什麼都跑，還怎麼調查？所以他沒跑，他留在這個世界到處探索。在他還是個正常人類的時候，他一定拚命想看清楚這地方的真相，而不是閉上眼避免觀察……然後不知發生了什麼，他變成了那種東西，但他始終還是那個想洞察一切的人。所以他不想躲，不想放棄……」

說著，萊爾德瞄了一眼列維，「不但不想躲避，還想主動深入……有點像你。」

列維下意識地摸了摸脖子。

察覺到自己的動作時，他假裝整理衣領，悄悄用指腹碰觸金屬鍊墜。也不知為何，這一刻，獵犬銘牌忽然變得特別冰冷。

列維深吸一口氣，平靜地說：「在這個問題上，你也一樣。你也是主動進來的。」

「是啊，」萊爾德說，「所以我們合得來嘛。」

「並沒有合得來。」

「這裡只有你和我，就別不好意思了，」萊爾德拍拍他的肩，「說到這個，肖恩和傑瑞到底跑了多遠啊？怎麼還沒遇到他們？」

從樹屋背後一直前進，灰色森林越來越稀疏，地形也開始變得起伏不平。這一點和日記裡描寫的一樣。

只不過，傑瑞和肖恩並沒有看過那本日記。

傑瑞一路上什麼都沒想，只是抓著肖恩的手，被肖恩帶著飛奔。他從沒想像過自己可以跑得這麼快，而且中途沒有摔跤。停下來之後，他發現自己抓著的是一條尾巴……肖恩穿的恐龍居家服的軟尾巴。

雖然滑稽，但兩個人都沒笑。既沒心情，也沒力氣。

肖恩找到了一條乾涸的溝壑，兩人跳下去，躲在樹根和泥土形成的凹陷中。坐下之後，傑瑞才清晰地感覺到痛苦——頭暈腦脹，四肢無力，喉嚨裡都是血腥味，心臟和肺都要爆炸了……還有，他的腳痛得要命，室內拖鞋已經被磨壞了，腳底肯定慘不忍睹。肖恩也一樣狼狽。他的鞋底已經徹底破掉了，恐龍尾巴還被傑瑞扯開了縫線。

兩人躲了好一會。周圍靜悄悄的，沒人追上來。

「我們躲在這安全嗎？」傑瑞小聲問。

肖恩沒心情安慰別人，「顯然不安全。很多電影裡都有人這樣躲，躲在土堆後面啊，橋下啊，床底下啊……躲一下就會被發現。」

「好像沒人追來，我們不會有事的……」傑瑞抱緊雙膝，縮成更小的一團。

又過了片刻，肖恩稍稍舒展雙腿，「我得出去看看……」

「別亂走！」傑瑞連忙拉住他。

「我稍微往回走一點，就一點，」肖恩說，「那兩個人怎麼還沒追上來？」

傑瑞說：「他們不會有事的，他們有槍！剛才你聽見槍響了吧？那麼大聲！原來真槍這麼響啊……」

肖恩拂掉他的手，「所以我更得去找他們了。如果沒有他們，就我們兩個能安全離開這地方嗎？」

傑瑞堅持道：「如果他們沒事，一定會來找我們的！如果他們真被怪物抓住了，那我們也救不了他們，幹嘛要回去冒險？」

肖恩嘆了口氣，「你什麼時候能長大一點……」

傑瑞皺了皺鼻子，「你只比我大兩歲，仍然不能買酒，仍然遵守著你媽媽定的門禁時間，別裝模作樣教訓我。」

聽到「媽媽」這個詞，肖恩的鼻子忽然有點發酸。他搖搖頭，堅持要起身回去看看。

他鑽出土溝，站起來，轉身……然後一動也不動地站在原地。

傑瑞仍然蜷縮著，從陰影裡歪頭看肖恩。「怎麼啦？」他小聲問。

肖恩僵在那，盯著傑瑞背對的方向。傑瑞發覺不對勁，也慢慢站了起來。他屈著腿，像剛出洞的平原兔鼠一樣探出半顆頭，小心翼翼轉過身……然後嚇得連喊都不敢喊。

一個黑衣人站在那，就在距離他們藏身處幾步遠的地方。他們剛才根本沒聽到任何腳步聲。

這「人」並不高大，但氣息相當詭異。他頭上堆疊著厚重的黑紗，完全擋住了頭部和胸前，身穿著款式古老的斗篷，下襬長至地面，完全遮住雙腳，袖子皺巴巴地堆疊在前臂上，露出一雙質地像皮革一樣、顏色斑駁的手。

那確實是皮革質地的手，而不是皮革手套。在這麼近的距離下，肖恩和傑瑞都看到他的指甲了。那隻手裡握著一把農具鐮刀，竟然沒有握柄……他就這麼直接握著刀刃的一部分，手掌上完全沒有傷痕。

肖恩一邊盯著這個怪人，一邊拍了拍傑瑞的肩，「我來拖住他，你先跑。」

傑瑞後退了幾步，沒有離開，反而緊緊躲在肖恩身後，「我不走……」

肖恩推了他一把，「快走！不用管我！你留下也做不了什麼！」

傑瑞揪著恐龍尾巴，「不是，我本來也沒想做什麼，我的意思是……要是你跟不上來，就只剩我一個人了……」

肖恩悲憤地瞪了他一眼。

黑衣人向前一步，兩個少年隨之一顫。

「你……」他竟然說話了……不，應該是「她」，這是女性的聲音。

「你們……」她又走近了些，把拿著鐮刀的手背到身後，「你們是……你們怎麼……肖恩？」

這聲音很耳熟，還叫出了肖恩的名字。她的聲音很沙啞，說話有些支離破碎，好像很久沒與人交談過。

肖恩打量著她，因為心存疑惑，所以不敢輕易回應。傑瑞在他耳邊小聲碎念：「別回答！肖恩，別回答！我看過類似的恐怖故事，如果你回答了，死神就當你同意被他帶走，他的鐮刀就會……」

「傑瑞？」女人緊接著叫出傑瑞的名字，把傑瑞嚇得一動也不敢動。

她抓住自己頭部的黑紗，兩三下扯了下來，「是你們嗎……你們是……找我……在……來找我嗎？」

黑紗被掀開，在她肩上堆疊成一圈，雖然仍然遮擋著半張臉，但她已經露出了足夠熟人辨識的容貌——紅髮綠眼，帶點小雀斑的蒼白皮膚，耳朵上打滿了釘飾。

「艾希莉？」肖恩震驚地看著她，「是妳……真的是妳嗎？」

她就是艾希莉．布林，四月二十四日失蹤的兩位學生之一。她與肖恩同年，在同一個班級，並且也透過肖恩認識了傑瑞。

看到自己的同學，艾希莉渾身發抖，發出嗚咽般的嘆息。奇怪的是，她不但沒有撲上來擁抱他們，反而顫抖著退了兩步。

仔細看才發現，艾希莉腦袋上裹的那團黑紗其實是她的裙子，就是四月二十四日她在派對上穿的那件。現在它又髒又破，艾希莉把裙腰套在脖子上，當做遮蔽頭部的紗。

肖恩想上前，傑瑞又拉著他不放，肖恩果斷地把他從小土溝裡拽了出來。

「艾希莉？」尚恩慢慢靠近她，「真的是妳？能遇到妳真是太好了！說來話長，總之我們也不小心走了進來，之前我們……」

艾希莉突然抬起一隻手，平舉著豎起。

尚恩立刻住了嘴，謹慎地看著她，不知她要表達什麼。

艾希莉的手慢慢收到唇邊，做了個噤聲的手勢。她的表情還保持著剛才驚訝的狀態，眼神卻像在放空。幾秒後，她轉身朝反方向走去，背對著他們說：「不要動，藏著，不要離開，跟著我，聽我的。」

「妳在說什麼？」傑瑞從尚恩身後探出頭，「我們要怎麼一邊跟著妳，一邊留在這？」

尚恩想了想，毫不猶豫地跟在艾希莉身後，艾希莉沒有阻止。尚恩回頭招呼傑瑞：「快來。我猜她的意思是，要嘛就繼續藏在這裡，要嘛跟著她，不要隨便去別的地方。」

艾希莉回頭看了他一眼，重重點了點頭，似乎露出了一絲笑意。

傑瑞連忙跟上去。他依然走在尚恩身邊靠後的地方，不敢離艾希莉太近。

他和艾希莉不算特別熟，在他的印象裡，艾希莉是那種標準的校花，朋友多，興趣廣，總是打扮得花枝招展……從前她整天笑呵呵的，現在怎麼成了這副樣子？她的手怎麼了？那真的是她的手嗎？她身上穿著什麼衣服？那鐮刀是哪來的？她為什麼連話都說不順了？只有剛才那個僵硬的笑容，還能讓人認出她確實是曾經的艾希莉。

艾希莉漸漸加快腳步，小跑起來。不合身的斗篷隨著腿部的動作而飄動起來，隱約露出下面的雙足。肖恩悄悄倒吸一口涼氣。傑瑞起初不明所以，肖恩用眼神示意他，他仔細一看，也驚訝得連忙捂住嘴。

艾希莉赤著腳，趾頭露在外面，她的雙腳和手一樣，都是那種奇怪的顏色。

肖恩和傑瑞什麼都沒說，只是渾身緊繃地跟在她身後。

列維和萊爾德停下來，翻閱存在手機裡的樹屋日記照片。按照日記中的描述，再結合追蹤終端機上記錄的距離，他們應該距離樹林邊緣不遠了。為了尋找肖恩和傑瑞，剛才他們冒險喊了幾聲，聲音立刻就被寂靜的樹林吞沒，根本沒人回應。萊爾德坐在樹下休息，列維靠著樹，站在他身邊。

列維想繼續向森林邊界走，萊爾德卻認為應該先找到傑瑞和肖恩。列維的觀點是：那兩個孩子被嚇到了，他們肯定不會折返回去，而是會一直向原定的前進方向逃離。樹林廣闊，他們兩組人走的路線可能彼此偏離，但應該不至於偏開太遠，只要他繼續前進，邊走邊注意動靜，也許會找到那兩個孩子的行跡。

而萊爾德認為：傑瑞既不敢貿然前進，也不敢折返，而肖恩卻很有可能回頭去找他們，或者至少會停步在某地等待。如果列維要繼續走，萬一他們兩個真的走出了森林，誰知道那時這個古怪的世界又會發生什麼變化？說不定他們會無法返回森林，徹底與那兩個孩子失散。

「他們兩個只是普通人，不是來調查的，」萊爾德說，「我們得對他們負責。」

列維說：「不是我們要帶他們進來的。就算沒有我們，傑瑞也會幹蠢事。」

萊爾德搖頭，「但……如果我們早點找到真相，也許現在誰都不會進來。從前的鬼屋、籬笆牆、廢棄大宅、紅駝嶺隧道……我們也許曾有機會搞清楚『不協之門』是怎麼回事，或者至少搞清楚怎麼才能不被它吸引。可惜，我們沒那麼厲害，所以拖到現在才接觸到這一切。」

列維嗤笑，「看不出來，你還是很容易傷感內疚的類型。」

「是的，我就是特別放不下。」萊爾德突然換上了極度富有感情色彩的腔調，「我投身於研究神祕現象的偉大事業，連累了傑瑞，連累了整個家庭。親愛的列維・卡拉澤，你願意與我這樣的罪人為伴嗎？你願意陪我調查真相、救贖靈魂嗎？快點，快說你願意。」

列維沒理他，而是問：「剛才你說到『紅駝嶺隧道』，那是什麼？」

「一個神祕的地名。」

「我從來沒和你去那調查過，我甚至聽都沒聽過。」列維說。

萊爾德的語氣瞬間恢復正常，「哦，其實那地方根本不存在，我隨口亂說的。」

「啥？」

「因為……例子多一點顯得言之有物……」

「你有什麼毛病？」列維斜了他一眼，離開樹幹，拎起腳邊的背包。他調整腰帶，在上面扣了個可拆卸的掛扣套，這樣更方便攜帶武器。

萊爾德也扶著樹站起來，「所以我們往回走吧？不是徹底回去，是稍微往回走一點點。」

「不，」列維背好背包，「我還是打算繼續向前走。往回走是浪費時間。」

萊爾德說：「你根本不在意傑瑞和肖恩的安全，對吧？」

「我沒有這個意思。我只是覺得繼續走才能更快與他們會合。」

「哦，畢竟傑瑞是我弟弟，不是你弟弟。」萊爾德聳聳肩。

「他是你弟弟？」列維笑了笑，「除了你以外，凱茨家還有誰這麼想嗎？」

萊爾德沒回話，只是愣著站在那。

列維有些懊惱地搖搖頭，「抱歉，我不是想諷刺你。」

「沒什麼，」萊爾德說，「你說的是事實，不算諷刺。但你離題了，這和我們應該往哪走沒有關係。」

列維抬眼，看到萊爾德微蹙的眉頭。

「我對你說實話吧，」列維注視他的眼睛，「某種意義上來說，我確實不夠關心傑瑞和肖恩的安全。但這和我與他們是否熟識無關。我希望傑瑞和肖恩平安無事，但如果他們真的遇到了什麼，我也絲毫不會感到意外。」

萊爾德說：「安琪拉也進來過，她平安地回家了。你的想法就不能樂觀一些嗎？」

「但安琪拉瘋了，」列維說，「也許她早就瘋了，反而僥倖避開了某些東西；也許她本來沒瘋，回家後就陷入了徹底的瘋狂……我們不知道實情如何。不管怎麼說，她是個特例，在疑似有『門』出現的事件中，絕大多數人都徹底消失了。」

列維的眼睛裡一片晦暗，他說話的時候，萊爾德移開了目光，好像不願意與他對視。

「我也進來過，然後回去了。」萊爾德說。

「但你媽媽沒有。」

萊爾德側著頭，面無表情，好像整個人陷入了靜止。

列維抹了把臉，「我是想說，萊爾德……我不知道你全部的動機是什麼，但我知道，你必定也是懷著某種決心才會站在這裡的。我的第一要務是探索，而不是回家。等我找到有意義的東西，我才會開始考慮能不能安全回去。我曾經以為你也一樣，我猜錯了嗎？」

萊爾德沉默片刻，嘆了口氣，「你沒猜錯。我也是這樣。」

列維拍拍他的肩，「抱歉，再次抱歉。我不是故意要讓你難受的。」

「不，你就是故意的。」萊爾德說。

「也對，我是故意的。」列維嘆氣，「因為我刻薄、冷酷、不尊重人、缺乏同情心、沒有團隊精神、吃漢堡先吃肉、落井下石、恐嚇同伴……你說得都對。現在我很心煩，所以一時說話有點……」

萊爾德打斷他，「你漏了兩條罪名，還有『容易迷路』和『倒車入位不熟練』。」

「這兩條是汙衊。」

「好好好……現在怎麼辦？」萊爾德看著某個方向。

列維說：「我還是堅持看法，我們向著……」

萊爾德打斷他的話，一把揪住他的領子，讓他也望向自己注視的方向。

「我是說……」萊爾德看著那邊，深吸一口氣，「現在，我們，怎麼辦……」

他盯著的地方，兩棵粗壯的灰色枯樹中間，站著一個全身灰黑色的人形物體。

它和正常人類差不多高，甚至還有些偏瘦弱，體表完全是黑色，但並不是有色人種的那種顏色，更像是一層深灰色皮革。那應該不是外部裝束，而是它自己的皮膚，它全身赤裸著，暴露著具有同樣質地的男性性徵。

它晃了晃，向前邁了一步。腳掌落地的瞬間，它的眼睛睜開了。

它全身無數隻眼睛一起睜開了。

萊爾德慘叫著連續開了兩槍。他的反應比列維快，列維都還沒瞄準到那東西。

神奇的是，兩槍都打中了怪物的胸口，怪物卻毫不退卻，而是繼續向他們靠近。它的皮膚毫不畏懼子彈。它身上每隔幾毫米就有一隻眼睛，感覺到威脅時，它的眼睛迅速閉合，皮膚變成毫無縫隙的深灰色。

萊爾德第三次擊中它，這次瞄準的是頭部。他這把槍一次只能裝五發子彈，已經打空了。子彈的衝擊讓怪物的脖子向後折了一下，但它仍然毫髮無損。它的腦袋重新豎起來，臉上的眼睛還閉著……這張皮革般的臉上有一些凹凸，近距離看去，應該是它的五官。

它是有眼耳口鼻的。眼睛還在原位，能和全身的眼睛一起睜開或閉合，鼻子只有一團隱約的凸起，嘴巴是一條線，也不知能不能張開。

萊爾德連滾帶爬地閃開，那東西用全身的力氣向列維撲了過去。列維繃緊肌肉，做好了接受衝擊倒地的準備，然而怪物靠近時，他才發現它的力氣並不如想像中大。他成功架住了它的雙臂，狠狠踢中腹部，它向後踉蹌了兩步，又再次撲上來。

列維借力把它甩開，又趁它回身試圖糾纏時絆倒了它，反扭住它的手臂，用一邊膝蓋抵在它背上。怪物小幅度地掙扎，竟然無法掙脫列維的壓制。列維自己也有點吃驚，他還以為它會更有力量一些……畢竟它連子彈都不怕。

它防彈的皮膚並不是如鋼鐵那樣堅硬，而是看起來像皮革，摸起來也像皮革，但又比常見生物的皮膚厚和硬，讓人聯想起橡膠製品。怪物被壓制時，它全身的眼睛不停開闔，就像大量鱗片在炸起又收攏……近距離看著這一切，列維有點想吐。

萊爾德從樹後面探出頭，「你不會是想活捉它吧？」

「為什麼不？」雖然覺得噁心，列維還是盯著身下的生物，「過來幫我一下，我背包裡有一條尼龍綁帶，還有手銬。」

「你從哪搞到手銬的？」

「別這麼多廢話，來幫我一下，我空不出手。」

萊爾德從樹後閃出來，剛向前走兩步，脖子上忽然一涼。

「別動。」

一個女人的聲音在他側後方響起。

萊爾德不敢回頭。列維抬頭望去，只見一把小鐮刀橫在萊爾德的喉間，刀刃直接貼在皮膚上。挾持者個頭比較矮，她站在萊爾德身後，被他擋住了大部分身體。

「走開。」女人又說。

萊爾德說：「妳用刀挾持著我，我怎麼走？」

「不是你！他走開！」

劫持犯說起話來挺奇怪，急躁中夾著一分稚氣。列維還沉著臉，沒有做出行動。稍遠的樹叢裡傳出一陣沙沙聲，兩個熟悉的聲音此起彼伏地叫了起來：

「大家都冷靜點！冷靜！」

「她不是壞人！」

「他們不是壞人！」

「不要殺人！」

傑瑞和肖恩鑽出低矮的灰色樹叢，連忙跑了過來。

劫持者艾希莉疑惑了一下，把刀刃稍微遠離萊爾德的脖子，但沒有放下來。現身之前，她已經再次用紗裙蒙住臉，萊爾德稍稍轉動身體，只看到一坨黑紗裡伸出一隻顏色詭異的手。

肖恩一手輕輕搭上艾希莉的肩膀，「他們是我們的朋友，之前走散了。」

艾希莉把鐮刀拿遠了一點，盯著列維，「你，放開他，我負責他。」

列維沒動，只是疑惑地看著兩個少年。

肖恩解釋道：「她是艾希莉……就是我們那個失蹤的同學。」

列維這才看清她的容貌，看起來是個挺普通的女孩，只是臉色有些憔悴。

他慢慢放鬆雙手，離開趴在地上的怪物，退開兩步，艾希莉也徹底收起了鐮刀。

怪物咕噥了幾聲，沒有再暴起撲人。應該是艾希莉讓它冷靜了下來。它的眼睛幾乎都閉上了，只留下面部的兩隻眼睛……雖然那兩隻眼睛並不在本來應在的位置。

傑瑞指了指這個生物，「艾希莉，妳是在找他嗎……」

「是。」艾希莉走到灰黑色怪物面前，掀開頭上的黑紗，蹲下來。她托著它的手臂，它順從地被扶起來，像一道影子般緊緊靠著她。

「羅伊……跟我回去。」她小聲安撫道。

「羅伊?!」

傑瑞和肖恩同時面色大變，異口同聲。

「那是羅伊？」肖恩幾乎不敢盯著那生物看，「我們也認識的那個羅伊？」

艾希莉沒回答。她掃視了一下幾個人，「這裡危險。跟我來。」

說完，她扭頭朝某個方向快步走去，也不管這些人有沒有真的跟上來。傑瑞和肖恩對視一眼，立刻追了上去，看來他們十分信任她。列維看向萊爾德，萊爾德的神色很猶豫。

「走吧，」列維招呼他，「就算你有一堆問題，也可以等一下再問她。」

萊爾德的目光往下移，盯著遠處女孩時隱時現的雙足。他近距離看到了女孩的手和腳，它們的質地和顏色有點像之前那個有很多手的灰色怪物。還有，他剛才清楚地看到，艾希莉握著小鐮刀的時候，手是直接抓在刀刃上的。這一點和那個疑似是「羅伊」的怪物一樣，她的皮膚也不容易受傷，雖然大概只是局部皮膚。

列維推了萊爾德的肩膀一下，「你又害怕得不能動了？」

萊爾德回過神來，慢慢向前走，「哦……我在想一些很可怕的事。」

「我們已經見到很多可怕的事了，不用特地去想。」列維走在他稍後的位置，防止他又突然發呆。

萊爾德拉近兩人的距離，小聲說：「你看，寫日記的人可能變成了灰色的大塊頭，叫羅伊的高中生已經變成了……那樣。你再看艾希莉的手……」

「我看見了。」列維說。

「所以我在想，如果一直留在這，我們幾個將來會變成什麼樣？」

列維沒回答。他眼前又浮現出了灰色怪物的模樣。它渾身斑駁的死肉，雜亂的灰白色髮鬚，還有黃銅色的、舊時樣式的、仍保有光澤的導師書籤。

列維和萊爾德之前的判斷沒錯，這片灰色樹林真的快到盡頭了。

艾希莉帶著他們走了差不多半小時，前方便出現一條整齊的斷崖。斷崖邊緣平整得像被巨大的砍刀雕塑而成，灰色樹木在邊緣整齊地排列著，一點從密到疏的過渡都沒有。

斷崖遠處是一片流動的迷霧，站在崖邊看不清對面。霧氣只氤氳在低處，高處仍然是亮度不變的天空。

之前四人遇到挖眼的灰色怪物時，他們跑去了另一個方向，所以沒遇見斷崖。據艾希莉說，他們跑去的那個方向也能遇到斷崖，但距離比這裡的遠一些。

溝通方向問題讓每個人都很頭痛。這地方沒辦法分東南西北，只能說左或右。

萊爾德悄悄告訴列維，他能判斷大致的方向，雖然不一定絕對準確。他在追蹤終端機上顯示現實中的地圖，然後把自己的行跡重疊上去，從儀器上形成的路線看，他們現在位於起始地點的西北方向。這裡距離「伊蓮娜」上次出沒的位置更近了一些，路線有點向西偏離，不是最短距離，但大方向上沒有走得太偏。

萊爾德和列維始終沒把「伊蓮娜」的事告訴別人。

令列維有些意外的是，一路上那兩個孩子竟然從沒有細問過什麼。他們只是隱約知道這兩個成年人想找某種東西，可能是線索，可能是出口，然後他們就這麼無條件地跟著走，遇到危險也不多想，鞋磨破了也不問到底要去哪……原本列維已經打好了腹稿，想了一些搪塞他們的說辭，可他們竟然乖得出奇。

列維一直覺得十幾歲的男孩應該很難應付，他們通常想法多、不安分……可傑瑞與肖恩怎麼如此聽話，在未知的危險中仍然能保持服從？

跟著艾希莉走這段路時，列維漸漸明白了其中緣由。

自從知道渾身眼睛的人形生物是「羅伊」之後，傑瑞和肖恩變得沉默很多，兩人的面色比第一次看見怪物時還難看。之前他們雖然害怕，但總體來說沒這麼消沉。

那時候，雖然進入了奇怪的世界，但他們多少是有一點心理準備的，甚至還有點好奇。他們不餓也不渴，路上有帶槍的大人在，沒人受傷……大概他們根本不認為自己可能出事。他們受到各種電視與網路節目影響，內心深處信任這方面的「專家」，他們認為跟著權威走應該沒錯，最終肯定還是能回家的。他們甚至沒有多想，為什麼艾希莉和羅伊一直沒能回家。

現在他們真的遇到了艾希莉，恐慌終於從內心深處開始甦醒了。其實它應該早點甦醒的。

艾希莉沿著斷崖，把他們幾個帶到崖邊的一小堆樹枝旁。

「這是記號。我做的記號。我們從這裡下去。」她說。

「開什麼玩笑！」傑瑞沉默了一路，現在終於大聲說話了。

從前在學校裡，如果有人這樣對艾希莉說話，她會撩撩頭髮，仰著下巴開始嘲諷對方。而現在她只是疲憊地嘆了口氣，「懸崖不好爬。大多數地方根本無法爬，這裡有一條能爬的路線。我不讓你們自己爬，別怕。」

她一邊說著，一邊放開架在肩上的羅伊，挽起袖子，把斗篷下襬撩起來繫在腰間。做這個動作時，她一點也不羞澀，毫不介意面前的數名異性。

艾希莉的斗篷下面只穿著一條又髒又破的內褲，但現在根本沒人注意內褲，所有人都看著她的大腿中段以下……她的雙腳、小腿、膝蓋全都是灰色斑駁的皮革質感，只有靠近大腿根的地方保留著一些正常皮膚，灰色和膚色的分界線並不清晰，有不少黑斑星星點點地攀在正常皮膚邊緣，正待逐漸密集成片。

「為什麼……」肖恩崩潰地抓著頭，剛說出這句話，又把「為什麼你們變成了這樣」硬生生換成了另一句，「為什麼……我們要下去啊？這可不是體能訓練中心的攀岩牆，這是真的懸崖！下面都是霧，肯定很深！」

艾希莉說：「下面安全些，樹林不安全。而且，要往前走，就得先下去。再上去。

我們不能飛。」

「為什麼不沿著崖邊走走？」肖恩左右比劃了一下，「走遠一點，也許我們能找到比較低矮的地方，或者有橋什麼的……」

艾希莉搖搖頭，「我們試過。」她看了一眼身邊的羅伊，又回望向肖恩，「這裡就是了，我們早就找了，我們找到，容易下去的地方，這裡最容易。再往兩邊走，更不好下去。你們聽我的吧。」

艾希莉擁抱了一下可能是羅伊的生物，在他耳邊小聲說了幾句話。在四人驚訝的目光中，羅伊乖乖走到斷崖邊，面對崖壁，趴下來，慢慢挪動身體，先腳後手，直到整個身體都消失在崖邊。

「羅伊自己能下去，」艾希莉說，「我背你們下去。一個一個。」

四個人都愣住了，一致難以置信地看著她。這話比叫他們自己爬還驚人。

艾希莉看向他們，「羅伊不能幫我分擔，因為他……不太好。他的精神不太對勁。我不能叫他背人，可能會出危險。」

他何止是「精神」不太對勁！明明他渾身上下就沒有對勁的地方！

四人的內心響起了內容相似的咆哮。

SEEK NO EVIL

CHAPTER TEN

【成長與煩惱】

肖恩先從震撼狀態中掙脫，試圖問清楚艾希莉的意思，「那個……艾希莉，我不太明白，妳是想一個一個地，把我們四個背下峽谷去嗎？妳要從這爬下去？」

艾希莉點點頭，「你們再往前站。站一點，看下面，還可以吧，沒有你們想的那麼深。」

「不，我是說，妳怎麼可能爬這種懸崖？還背著人？」

艾希莉困惑地歪了一下頭，「你知道，我和羅伊，是攀岩俱樂部的，但是，羅伊的精神不太……」

肖恩忍不住打斷她的話，「天哪，艾希莉，妳怎麼了……妳從前不是這樣的……我的意思是，第一，妳怎麼可能徒手地，不穿任何裝備地，爬這種自然的懸崖？第二，妳怎麼可能背得動我們之中的任何一個？妳最多也就能背得動傑瑞！」

「她能嗎？」傑瑞問。他忍不住打量艾希莉的腿，倒不是為了別的，只是想對比一下自己的體格。

肖恩沒理他，繼續說：「我不知道妳身上發生了什麼事……但從剛才羅伊的狀態來看，他也沒變成什麼大力士啊？他都能被電視節目製作人擒拿住！」

列維也在想這件事。變成這樣的羅伊也算有點力氣，但充其量也只是和一般年輕人差不多而已。他隨口說：「哦……其實我不是製作人。」

傑瑞接話：「我記得我記得，你是製作人的助理。」

仍然沒人理傑瑞。艾希莉的表情很困惑，好像理解肖恩的疑問是非常困難的事似的。

她靠近崖邊，向下看了看，似乎在確認羅伊是否下行順利，然後回頭對四個人說：「羅伊和我不一樣，我們……長得不一樣。」

這次肖恩沒有繼續提出問題，他根本沒聽懂。艾希莉的目光在四個人之間移動，先排除了傑瑞，又離開了萊爾德，最終在肖恩和列維之間遊移不定。她問：「你們，誰比較重？」

「不知道。」列維說。

「你先來，」艾希莉對他伸出手，「先把重一些的人背下去。肖恩比你高，但你強壯，背包也一起吧。而且我不認識你。」

艾希莉說話的方式有些難理解。萊爾德忍不住問：「我沒理解錯的話，妳的意思是，妳想從比較難搬運的人開始？最重的都沒問題，輕的人就更沒問題。而且妳不認識列維，萬一妳判斷失誤，把他掉下去，妳也不用心疼……是嗎？」

艾希莉露出「終於被理解了」的笑容，還輕拍了一下手，「對！就是這個意思！」

列維和萊爾德對視一眼。如果不考慮一個女孩要怎麼背著男人攀岩的問題，艾希莉的判斷也算對。而且，如果他們想繼續前進，就必須從這裡下去。

艾希莉靠近崖邊，招呼列維過來，指指自己身後。列維比這女孩子高出很多，他把雙手環在她肩上的時候，一點也不像要被她背起來，反而像在劫持她。她把小鐮刀綁在腰帶上，固定在身體正面，手臂以人類不可能的角度向後拗過去，緊緊環住了列維的腰部。

然後，列維突然明白了艾希莉剛才說過的那句話——**羅伊和我不一樣**。

她確實和他不一樣……她和任何人都不一樣。

抓緊列維後，她的斗篷下又伸出了兩隻前肢。它們看上去也是手臂，但形狀並不是完全固定的，表皮如同流動的碎肉色液體，皮下有東西在不斷蠕動。

艾希莉將它們左右伸展了一下，似乎是在檢查自己的狀態，然後她帶著列維，背對斷崖，一腳踏下去。

看到這麼乾脆、近乎於「跳崖」的動作，崖邊的三個人完全沒出聲，一片寂靜。

看到艾希莉斗篷下的另一對前肢時，他們就已經完全呆住了……大腦系統資源不足，思考能力無回應。

過了差不多兩分鐘，肖恩小聲說：「你們……也看見了吧？」

凱茨兄弟點點頭。

「那是……什麼？」

「我怎麼知道？」萊爾德盯著崖邊，「她不是你們的熟人嗎？」

「我們認識她的時候她只有兩條手臂啊！而且那時她也沒有這樣的皮膚！」肖恩說，「該死，不對，那根本不是『皮膚』！什麼人能長出那樣的東西？」

萊爾德小心地以匍匐的姿勢來到崖邊，雙手緊緊抓著土石，探出去半顆腦袋。斷崖下全是白霧，什麼都看不見。白霧距離崖邊非常近，可能只有幾公尺……就像下面不是斷崖，而是白色泡沫形成的寬闊大河。

一名強壯的成年男性，被女高中生背著……聽起來挺怪異而且挺丟人，但列維已經顧不得這個了。

他在艾希莉背後，能夠清晰地看到她如何使用那兩條前肢。它們輪流攀住石壁，接觸面像有吸力一樣，可以緊緊附著在土石表面。同時，艾希莉的雙腳配合著上肢的動作，落腳的時候，腳尖和腳掌也可以像手心、上臂一樣緊緊吸住石壁。她的手腳上並沒有章魚那樣的吸盤，而是可以整個變成吸盤。當她的前臂和手掌整個貼在平面的石頭上時，列維近距離地看到，它們比原本的形態更扁平、微微攤開，就像可塑的泥形生物。

列維一直沉默著，艾希莉卻主動攀談起來，「別緊張，你不重。」

「嗯，我相信妳。」列維說。

「我很開心，見到你們，我太開心了，」艾希莉說，「等到了我那裡，我們可以好好聊，我知道你們想問我很多事。」

「妳那裡？是指妳和羅伊躲藏的地方嗎？」

「是的，下面比上面安全一點。」艾希莉伸長一條手臂，攀住較遠的石頭，身體一蕩，腳落在斜下方的凸起上，「不遠啦，你看，我說過，沒你們想像的高。」

說這話時，她側頭往下看了一眼。列維也跟著她側頭。

從下來所需的時間來看，這斷崖確實如艾希莉所說，並沒有看上去那麼高，他們距離崖底不遠了。崖底比較窄，到處是碎石，地面的顏色和上面不同，呈現著淡淡的土紅色。

奇怪的是，在上面的時候，列維和另外三人看見的是被雲霧籠罩的峽谷。只有極為險峻的高峽下面才會集聚霧氣，所以他們都覺得這斷崖深不見底。甚至，在他剛被艾希莉背著下來的時候，他用餘光看到的也仍然是濃霧瀰漫的四周。

列維突然覺得……也許他不該看的。也許他不該順著艾希莉的指示往下看。可是他早晚會下來，早晚得和艾希莉看到同樣的東西。

從進入那扇門以來，這是第二次了……視野中的內容在一念之間發生改變，像是幻覺降臨，又像是假象被揭開。

在這裡，「所見」變成了一種無法客觀證實的東西。

雙腳踏上谷底後，艾希莉的手沒有馬上從列維身上鬆開。她保持著肢體接觸，觀察了一下四周，直到找到藏在一塊大石頭背後的羅伊。羅伊就像一道影子，如果不仔細找，還真的有點難發現。

艾希莉說，她必須確定羅伊在附近，而且要確保羅伊能看到她親自把列維帶下來。說完她就放開了列維，沿著原路爬回斷崖上面。列維琢磨著她的意思……她大概是想說，必須讓羅伊親眼看到她幫助別人，羅伊才不會攻擊這個人。

再抬頭時，天空仍是一片灰白色，但雲霧全都不見了。列維可以清楚地看到兩側斷崖的邊緣。

沒過多久，他又看到了艾希莉的身影。她開始背著肖恩往下爬。剛開始時肖恩一聲不吭，在艾希莉斜著蕩向一個立足點時，他忍不住帶著顫音叫她小心。

被背起來的時候，肖恩立刻發現雲霧消失、峽谷變得清晰了。下來之後，他迫不及待地和列維交流，知道這不是他的幻覺之後，他長長地舒了一口氣。

肖恩之後是萊爾德，然後是傑瑞。

萊爾德直到雙腳踏上地面，才發現雲霧不見了。因為他全程閉著眼，直到落地才睜開。

傑瑞和他一樣，全程閉著眼，而且即使閉著眼也不停嚎叫。每次艾希莉的移動幅度大一些的時候，他都要隨之嗷嗷叫幾聲。

艾希莉把蹲在石頭陰影裡的羅伊叫了出來，招呼四人跟著她走。她背對著他們，之前負責攀岩的手臂收回了斗篷下面。沒人問她手臂的事，也許是因為短時間內承受了太多衝擊，他們反而不知道該從何開口。

萊爾德偶爾會抱怨一下石頭路不好走，尷尬（且無效）地活躍一下氣氛，愛提問題的肖恩和傑瑞卻變得十分沉默。

面對艾希莉，兩個少年比年長的那兩人驚恐得多。他們認識的艾希莉不是這個樣子，即使無視她的腿和手臂，她也不該是這個樣子。

艾希莉的長相沒變，口音沒變，還認得他們，還像過去一樣熱情……但她好像失去了某些很關鍵的特質。她變得更像一個繼承了艾希莉記憶的生物，而不是從前那個生機勃勃的女孩。

艾希莉帶著他們走了挺長的一段路，翻過谷底的一座小丘陵，終於來到了她暫時的庇護所——位於凸出崖壁下的一座小山洞。

其實這裡又低又淺，根本不能叫山洞，充其量只是個凹陷，約莫只能鑽進去兩三個人。

艾希莉把羅伊推進去，羅伊熟練地蜷縮在最裡面，然後艾希莉也鑽了進去。她這才察覺到地方太小，別人進不來，於是她努力往羅伊身上擠了擠，抱起雙膝，示意傑瑞他們過來。但那四個人並不想進去。

走近時他們就看到了山洞裡的東西：地上鋪著一條汙漬斑斑的毯子，堆疊著兩三件幾乎被撕碎的髒衣服。羅伊坐著的地方散落著一些像是玻璃碴的東西，他彎曲的腿下面躺著一雙髒兮兮的皮鞋。最令人不安的是，破碎的衣服和髒鞋上都沾著一些深褐色的痕跡，很像是乾涸的血跡。

四個人都拒絕了艾希莉的邀請，在洞口邊找了稍微乾淨些的大石頭坐下。看他們不想進來，艾希莉放鬆了雙腿，改成了盤腿而坐的姿勢。她突然意識到自己姿態不雅，把斗篷的下襬從腰上解下來，往腿上拉了拉。

「你們，打算怎麼回去？」艾希莉問。

沒想到她竟然先這麼問了。洞外的四人面面相覷，他們本來還想問她知不知道怎麼回去呢。

「我們還沒找到方法，」肖恩對她說，「但我們會找到的。艾希莉，我想知道……」

「想知道我和羅伊怎麼了？」

肖恩點點頭。

剛遇到艾希莉的時候，她的語言能力好像出了問題，說話斷斷續續的，後來再遇上列維和萊爾德時，她說話通順了不少，但還是有點不流暢……透過爬懸崖時與四人交談，她好像恢復了很多，無論是思考方式還是語言能力，都更接近失蹤之前的狀態了。

「我想先問問……有多久了？」艾希莉問，「我到這裡多久了？」

肖恩還在數日子，列維說：「一個月零幾天吧。」

艾希莉露出像是失望的表情，「才這麼短嗎……我還以為最少也有一年多了。那你們呢？你們進來多久了？」

列維說：「我和這個人，」他指向萊爾德，「我們是五月二十五日下午進來的，肖恩和傑瑞是二十三日。進來之後，我們難以計算時間，可能過了一兩天吧，在這個基礎上，傑瑞和肖恩比我們多兩天。」

「我們才進來大約四天？」傑瑞毫無自覺地說了和艾希莉差不多的話，「我還以為起碼有一兩個星期了……」

艾希莉點點頭，「還好。對了，這幾天裡，你們沒有吃東西吧？」

肖恩說：「確實沒有，我們沒有看到什麼能吃的東西，一路上也沒有水源。奇怪的是，在這裡我們根本不餓，也不渴。」

「好。這樣對。不要吃。」艾希莉看著他們四人，目光在每個人的臉上都停留了片刻，「你們，千萬不要吃任何東西。」

四月二十四日晚上，當羅伊看到那扇牆上的門時，他還以為是自己喝多了。但應該不會，他喝的根本不能叫酒，充其量只能算是帶點酒精的水果味糖水……他反覆和艾希莉確認了一下，艾希莉也看到門了，兩個人總不會產生一樣的幻覺吧？

後來羅伊說，如果當時他是清醒的，他肯定不會進去。只可惜世上不賣後悔藥。

那時他注視著門中的黑暗，不僅不害怕，還有點小興奮。他拉著艾希莉的手，毫不猶豫地走了進去。

羅伊用手機照亮身前的一小塊區域。腳下的地面仍是木質的，和傑瑞家的地板差不多，就像是羅伊家地板的延伸，他們慢慢走了一段時間，既沒有摸到牆壁，也沒有看見任何擺設，讓人無法分辨整個空間到底有多大。

艾希莉回頭看去，他們進來的門還在原處半開著，流溢出暖色的燈光。這個畫面並沒有增加她的安全感，反而讓她打了個顫。她突然感覺到恐懼，於是拉著羅伊往回走，羅伊也表示同意。他們一邊折返，一邊對外面的同學們高聲喊話，接近進來的門時，羅伊的腳步慢了下來。

艾希莉問怎麼了，羅伊顫抖著伸直手臂，把手機螢幕靠近門口。

門外的壁紙顏色、地板、燈光等等都沒有改變，看起來還是傑瑞家無誤，但……它們是平的。它們是一張平面的圖片，就像有人從這個角度拍了照，把等比例的照片貼在羅伊和艾希莉面前。

接著，「圖」的顏色暗了下來，就像電力不足時的螢幕一樣，兩人眼睜睜地看著它越來越暗，直到與周圍的黑暗融為一體。

面對如此詭異的遭遇，羅伊和艾希莉卻沒有大叫或哭泣，也許在過於巨大的驚駭之中，人反而無法及時宣洩情緒。

他們沉默地拉著手，不停地在空曠的世界裡徘徊。沒多久，艾希莉先發現腳下地面的質感改變了，它不再是剛才進來時看到的木地板，變成了深灰色的水泥地。兩人誰都沒發現這變化是何時發生的。

就在這之後沒多久，他們又遠遠地看到了一扇門。這次是真的門，不是平面畫，木門板上有復古的木頭邊條和金屬門牌，下面有貓洞，門牌號碼受到磨損，看不清楚。

羅伊和艾希莉都覺得這扇門很眼熟，松鼠鎮裡好像有不少房子都裝了這種風格的門。羅伊握住圓形把手，小心翼翼地把門拉開……外面竟然是松鼠鎮的街道。他一眼就看到了熟悉的餐廳，從小到大他來過這裡無數次了。從位置看來，正對這家餐廳的是一間雜貨店，他和艾希莉應該是站在雜貨店裡才對。

他們從門中走了出來。街道十分安靜，天色朦朧灰暗，像是陰天的清晨。當時艾希莉的第一反應是：難道現在已經是第二天早晨了？我們穿越了時間？

當然並非如此。很快他們就發現，這地方根本不是松鼠鎮。它很像他們的家鄉，但總有些細節不一樣。距離最近的一個例子就是，他們站在街道上回過身，背後並不是雜貨店，而且剛才那道門也不見了。他們背後是一片空曠的平地，通向不知邊際的遠方。

他們沒有往空地走，而是選擇走向建築更多的地方。這個「松鼠鎮」看似熟悉，實則怪異，猶如被主觀打亂過的夢境。

羅伊懷疑這是個清醒夢，他推論了一堆東西，比如牆上的門是假的，一片漆黑的空間是假的，這地方也是假的，甚至艾希莉也是假的……他認為自己身在一場清醒夢裡，實際上自己的身體應該還在傑瑞家中，可能正處於重度醉酒中。

艾希莉當然知道自己不是假的……但她沒什麼精力去說服羅伊。反正羅伊也沒有排斥她，還說即使她是假的，也不會放開她的手。這讓她還有點不合時宜的小感動。

他們在「松鼠鎮」徘徊了很久，累了就找地方坐下，靠在一起輪流小睡。

兩人坐在一間空蕩蕩的咖啡廳裡，咖啡廳有點眼熟又有點陌生，並不是松鼠鎮的某家店，更像是他們曾去過的所有咖啡廳的結合體。

他們不敢走向未知的荒野，寧可守在有文明痕跡的地方。他們一直沒有覺得餓，也沒有看到天色發生變化。時間好像凝固住了。

事情發生改變，是源於羅伊某次從惡夢中驚醒。

醒過來後，他沒有立刻起身，而是蜷縮在咖啡廳的長沙發上，閉著眼睛平復心緒。他聽到艾希莉在周圍走來走去。她先是走到他身邊，沒停留太久，然後走遠，一直走到店門口的玻璃旁……腳步聲越來越遠了，咖啡店沒多大，羅伊沒聽見開門的聲音，艾希莉在往哪走？

他睜開沉重的眼皮，艾希莉就睡在他對面的沙發上，睡得比他還沉。

羅伊翻身坐起來，四下觀望，咖啡廳和玻璃外的「街道上」都沒有其他人。

他把這件事告訴艾希莉，艾希莉有點怕，但又忍不住往好的方面想：萬一這代表有人快要找到我們了呢？羅伊也覺得有道理，於是他更加警覺，主動留意著任何風吹草動……

「但這麼做是錯的，是嗎？」

聽到這裡的時候，傑瑞忍不住插嘴問。

艾希莉歪頭想了想：「不能說是錯的。因為不能避免。早晚都會看到的。而且，如果不是我先察覺到它們，是它們先察覺到我，那也一樣糟糕。」

「它們？」

傑瑞一開始嫌坐在石頭上屁股痛，站起來在一旁邊聽邊閒晃，現在他已經又坐了回來，而且還抱膝坐在肖恩和萊爾德之間的地上。

艾希莉沒有接著說「它們」，而是皺了皺鼻子，問：「從剛才起我就覺得不對勁……你們誰受傷了嗎？」

「沒有啊。」傑瑞回答。

萊爾德和列維對視一眼。

艾希莉說：「其實從剛才我就聞到一股血腥味……味道很淡……」她身體向他探了探，看著萊爾德，「是你受傷了嗎？」

其實萊爾德身上並沒有什麼血腥味，至少傑瑞和肖恩都察覺不到。他的傷又不會大出血，一般人聞不到什麼。

萊爾德承認了，「在到這個地方之前，我不小心受了點傷，不嚴重。」

「你怎麼了？」艾希莉問。

萊爾德猶豫了一下，面不改色地解釋道：「我修理一臺舊風扇的時候，風扇倒了，我被扇葉打到了腿，幸好扇葉不鋒利，速度也不是特別快。然後我去拔插頭的時候，不小心又被電了一下。」

說完後，他瞄了列維一眼，列維正在用欽佩的目光看著他。

傑瑞大概是想像出了「修理風扇慘遭風扇毆打」的畫面，在旁邊忍不住「噗」地笑出了聲。艾希莉也笑了一下。她還能想像出那個畫面，但她背後的羅伊完全無動於衷。幾人談話的時候，羅伊就像布景一樣呆呆地靜止著。

艾希莉說：「你受傷了就更要注意。受傷的人如果吃了東西，會成長得更快……」

萊爾德悄悄摸了摸包紮好的小腿，他的傷口已經有所好轉。

「什麼都不能吃，是嗎？」他問，「還有，妳說『成長』又是指什麼？」

艾希莉問：「你緊張嗎？你是不是吃過東西了？」

「我吃了一片消炎藥。」

從表情來看，艾希莉好像花了幾秒鐘才想起「消炎藥」這個詞是什麼意思。理解之後，她放心地點了點頭，「哦……消炎藥，藥品，藥……這個沒關係。我在最初也吃過外面的東西。羅伊的口袋裡帶了巧克力，雖然不餓，我們還是吃了一點，沒有發生事情。你帶的東西，沒事。但是，不能吃這裡的東西。」

萊爾德撫著胸口，自言自語著「還好」。列維也偷偷鬆了一口氣……他帶著學會給他的皮夾，裡面有一條沒名字的藥，將來他很可能用得到。

艾希莉沒有回答完問題。她還沒解釋剛才說的「成長」是什麼。萊爾德和傑瑞都想接著問，但她卻自顧自地說起了別的，「在森林裡我就有聞到血腥味，還以為是『居民』身上的。你們見過『居民』了吧？」

「居民是什麼？」萊爾德問，「紅紅的，沒有皮的那種東西？」

「原本有皮，」艾希莉說，「我只見過兩次有皮的，皮不完整，看不出是什麼樣。不過，總歸是和我們……不，和你們，長得不一樣。『獵人』到處找它們，也會找我們。」

「獵人又是什麼……很多手臂，個子大大的那個？」

「嗯。它最危險。但它不會到這裡來，它從不下懸崖。」

「獵人剝了居民的皮？」

「剝過，但也不全是獵人做的。居民自己也吃。」

四個人都愣了一下。谷底好像比上面冷，坐在石頭上還真有點涼颼颼的。

萊爾德回憶著那些血紅色生物的樣子，「妳是說……它們自己吃自己？」

艾希莉說：「不是對自己，是居民吃居民。它們受傷了，就需要吃東西，吃的東西來自彼此。吃東西才能繼續『成長』下去。」她說著，咬了咬嘴唇，看了一眼身後的羅伊，「所以我告訴你們，千萬別吃任何東西。」

「我們不吃人……」萊爾德說。其實他還想加一句「你們也不吃的，對吧」，但不敢說出來。

他問：「妳提到兩次『成長』了。所以，這到底是什麼意思？」

艾希莉微微低下頭。她身上的斗篷又開始蠕動，四隻手臂從斗篷下慢慢伸展出來。

傑瑞下意識地往後躲了躲。雖然剛才已經見過這些手了，但他還是無法適應這麼詭異的畫面。

他的反應令艾希莉苦笑了一下。她張開其中兩隻手掌，開始講述她的「成長」。

自從羅伊聽到另一道腳步聲之後，他和艾希莉發現了更多奇怪的跡象。起初他們自我安慰，認為聽到其他腳步聲是好事，幾小時後，他們就徹底改變了想法。

「聽見腳步聲」就好像是個觸發點，一個惡夢的開關……他們身在的地方開始逐漸崩塌，兩人視野內看到的東西變得難以形容，好像陷入了瘋狂和幻覺。

上一秒還在眼前的東西，下一個瞬間就徹底不見了，眼前突然漆黑或白光閃耀，視覺畫面一層層剝離，最終褪色成一片灰暗的天地。

為了躲開越來越近的腳步聲，兩人牽著手狂奔，也不顧前面到底是什麼地方。

他們起初只是能感覺到異常事物的存在，決定逃命時，那些事物卻變得越發清晰。艾希莉回過頭，身後一團血紅色的影子尖叫著向他們撲來，她和羅伊躲開之後，周圍卻出現了更多這樣的東西。

他們一路跑進密不透光的森林裡，森林的顏色在眼睛裡不斷跳躍，最終調和成了一片沉悶的灰色。他們磨破了鞋子，刮壞了衣服，身後血紅色的怪物仍在窮追不捨，而且還聚集得越來越多。

最後，體力不支的兩人被十幾隻怪物圍在中間。它們慢慢收緊包圍圈，伸出裸露肌肉的手臂，抓住已經瀕臨崩潰的兩人。

說到這段時，艾希莉身後的羅伊突然顫抖起來。艾希莉安撫了他一下。回過頭來時，她的面色也比剛才更加蒼白。

「它們把我們按在地上，」艾希莉說，「然後，開始撕我們。」

紅色的怪物有眼睛。它們的眼珠藏在口腔中，收緊在上頜裡，需要的時候，它們會張開嘴，上頜裂開，眼珠落下來，從嘴裡觀察外部。需要張開嘴，卻不需要眼睛的時候，它們上頜的縫就閉合住，不露眼睛，保證口腔和喉嚨暢通。

艾希莉看得特別清楚。當其中一隻怪物咬住她的手臂時，她近距離地看著。它們並不僅僅是在「吃」。它們撕下人皮，隨便貼在自己身上的某個地方，再順便咬幾口肉吞下去，甚至還咬開骨頭，把整條小腿從膝蓋上卸下來，試著插在它自己身上。

艾希莉至今也不明白，為什麼自己當時竟然全程清醒，為什麼不會昏過去……她聽著自己的慘叫聲，但聽不見羅伊的，她動不了，看不到羅伊是否已經死了。

忽然，艾希莉聽見樹林中又傳來一聲長嘯，聽起來和她的慘叫聲一樣淒涼，但更加有力，也更加嘶啞。

那是誰？和自己一樣的人？是羅伊嗎？是羅伊被搬去了更遠一點的地方？

圍住她的血紅色怪物都站了起來。它們開始騷亂，有些四散開來，有些試圖拖著艾希莉走……艾希莉沒有力氣掙扎，只能任憑它們拖動。

抓著她的那隻怪物走了幾步，忽然停下了，一股濃稠的鮮血噴濺在艾希莉臉上，糊住了她的眼睛。她看不見，也漸漸聽不清了，她的五感開始混亂，所有能感受到的東西都被打成碎片，再聚集在一起，在頭腦中炸成混沌。

等到意識再度清晰時，她慢慢睜開眼，睫毛沾了血液，黏在一起，讓她的視野朦朧朧朧的。

一張陌生的面孔貼近她的臉，在用探究的目光細細地觀察她，她的嘴巴被撬開，吞下一些溫熱且帶著鐵鏽味的液體。起初她覺得無比噁心，漸漸卻習慣了這種感覺。每次吞下那樣的東西，她身上的痛苦都會減輕一點，甚至還有力量漸漸充盈的錯覺。

有一天，她徹底醒過來，發現自己身在一間木屋裡。只有她一人，羅伊不在身邊。她爬行到門口，發現這是一間懸空的樹屋，門口有些刮擦痕跡，像是有人進出過，可室內又像是常年無人使用。她發現了繩梯，想用它爬下去，但她的手腳還沒完全長出來……這時她才突然意識到，自己的手腳應該已經被吃掉或者奪走了，但現在她又長出了新的肢體。

肢體長到了手腕和腳踝，還沒長出手掌，沒辦法抓握東西。她覺得理所當然，就這麼接受了，一點也不覺得哪裡奇怪。

唯一奇怪的是，她的腋下還有一雙新的手，看起來很陌生，表皮到處都是傷口，有點痛，但是還能用。當時她立刻就明白了，這是一雙臨時給她用的手，很合理，沒有任何不妥。

在她試著用那雙新手撫摸室內陳設時，外面傳來腳步聲。她趴在門口，看到了一個長著無數手臂的、高大而扭曲的怪物。

後來，她把它稱為「獵人」，因為它總是在狩獵別的怪物。

那東西牽著一條鐵鍊，鍊子上拴著一個人。艾希莉認出那是羅伊，但又不是從前的羅伊。灰色的嵌合人身上斑駁不堪，羅伊也是如此，他看起來幾乎不成人形，表皮上到處都是創口，艾希莉說不清自己為什麼還能認出那是羅伊，也許是因為他先認出了她……他抬起頭，用臉上僅有的一隻眼睛看著她，愉快地抬起手揮舞了幾下。

回來的不只有羅伊和灰色嵌合人，還有三隻被拖行在地上的血紅色怪物，其中一隻的模樣比較特殊，它還有皮膚，皮膚上還有毛髮。不過它也破破爛爛的，艾希莉推測不出它在完整狀態下應該是什麼樣子。

灰色嵌合人非常高大，可以直接把頸部的手臂伸進樹屋裡來。它把屋裡的艾希莉拉下來，把那些紅色怪物的血和肉餵給她吃。

每天，羅伊和艾希莉會在樹屋裡休息，灰色嵌合人需要的時候，就把羅伊帶出去，一起狩獵。艾希莉的手腳還沒長完，它沒辦法帶著她。

艾希莉偶爾也會找一點草根和乾樹葉來吃。偶爾她會回憶起過去的生活經驗，所以她總覺得應該吃點別的什麼。

那時候羅伊還會說話，他告訴艾希莉，灰色嵌合人會帶著他到處巡視，尋找那些血紅色的怪物。那些怪物到處都是，不難找。它們互相捕食，也被灰色嵌合人捕食。它們很難死掉，好像無論變成什麼樣都能繼續活下去……被刺穿也不會死，攔腰砍斷也不會死，除非把它全部吃光，那它當然就永遠消失了。

艾希莉問羅伊是否知道灰色嵌合人在找什麼，羅伊也不知道。灰色嵌合人不會說話，偶爾能蹦出來幾個像是英語的單字，好像也不怎麼準確。被它帶著巡邏時，羅伊發現樹屋很靠近森林的盡頭。不遠處有一道斷崖，灰色嵌合人從不靠近它。

艾希莉和羅伊在樹屋住了好幾天，每天都被灰色嵌合人餵養著。艾希莉悄悄看過樹屋裡的東西，她看到了一些手寫的冊子，裡面可能是日記什麼的，她想看，卻認不出裡面的字。

她認為那也許是一種外語，其中只有少量單字詞彙類似英文，也有可能是寫字的人精神有問題，寫得不清楚。

不知不覺中，艾希莉的手和腳越長越完整，腳趾也快長出來了。

羅伊當初沒有被切斷肢體，只有皮肉被咬掉，他的骨頭完整，所以他可以跟著灰色嵌合人走來走去。但現在他的成長速度並不快，皮膚總是破破爛爛，臉上只剩一隻眼珠。嵌合人給艾希莉多接了一雙手臂，但沒有給羅伊多一點眼睛……

艾希莉說到這段的時候，傑瑞猶豫著，打斷了她的描述。

「那個，等一下，艾希莉……」傑瑞僵硬地微笑著，雙手緊緊握在一起，「妳可以不要講得這麼詳細嗎……我有點不舒服……」

艾希莉疑惑地看著他，努力思考了片刻，才明白他到底在不舒服什麼。

她從斗篷下伸出一隻手，扶著額頭。聽她說話的四人並不知道這隻手到底是她的哪種手……

她說：「有時候，我不太能分辨自己正不正常……我已經盡力保持了。」

萊爾德和列維對視一眼。

剛才艾希莉提到的「日記」就在列維身上，萊爾德也拍攝了照片作為備份。他們都讀過，它有點破舊和殘缺不全，但上面的文字本身並不難懂，即使看不懂其中深意，起碼單字的字面意思都很明確。如果艾希莉看不懂，那麼顯然不是因為它寫得不清楚，而是她出現了閱讀障礙。

看來艾希莉很有自知之明，她確實不能分辨自己是否正常。這一點在她講述個人遭遇時尤其明顯。她說的內容不僅驚人，還讓人生理性不適，可是她的語氣太平靜了，就像在講述日常的煩惱，而不是駭人聽聞的血腥畫面。

不過，她總歸還保有一些從前的理智，所以經過提醒，她能夠及時明白傑瑞說「不舒服」是什麼意思。

於是她省略了一些細節內容，只講述後來發生的變故。

艾希莉意識到不對勁，是因為有一次，她不小心從樹屋摔了下去。她四隻手著地，膝蓋跪著，剛長好的腳還露著肉，沒有皮，粗糙的地面讓她非常疼痛。

一段熟悉的記憶突然浮現出來：十六歲的夏天，她和羅伊出去野營，同行的還有羅伊的哥哥姐姐。可惜野營沒能愉快收場，艾希莉從一塊岩石上跌下來受了傷，腿動不了，羅伊留下來陪她，哥哥姐姐去報案，最後巡守員來把她運下山，艾希莉的父母差點為此和羅伊家打官司。

艾希莉回憶起了那次受傷的感覺……還回憶起了親朋好友和羅伊的驚慌表情。

一種巨大的恐慌突然襲上心頭。

艾希莉猛然醒悟，那個人才是我啊，現在這個迷了路的人是誰？這個摔下樹屋，用四隻手著地的人是誰？這個不斷成長著的……是什麼生物？

等到羅伊和灰色嵌合人回來後，艾希莉悄悄對羅伊說：「我想回家。」

羅伊全身震顫了一下，好像也突然之間意識到了什麼。

總之，他們找了個機會逃走了。雖然從某種意義上來說，是那個灰色的嵌合人救了他們，但它並不該是他們的歸宿。

它正在把他們變成和自己一樣的東西。如果再這麼下去，即使有機會回家，他們也不可能回得去了。

在逃離的過程中，兩人遭遇過好幾次血紅色怪物，還有幾次差點再被灰色嵌合人抓到。他們新長出來的皮膚和手腳又多次受傷，然後再癒合，變得更加堅固，他們又吃過幾次「東西」，所以身體仍在繼續成長。

只有成長，才能保護自己，可是越成長，他們就距離原本的自己越遠……他們曾經能意識到這個惡性循環，卻無計可施。

艾希莉的頭頸部沒有受過傷，所以還一直保持著最初的樣子，但她的身體在不斷成長，她多出來的手融合進了身體裡，原本斷掉再長出來的手也變成了另一種形態，她每次狼狽地受傷並痊癒後，皮膚都會變得比從前更加強韌。

現在她已經不怎麼怕那些被剝了皮的「居民」了，她比它們更強大，也更敏捷。但她仍然不敢面對「獵人」，她認為，那是這片森林裡最危險的東西。

在四處躲藏的日子裡，羅伊徹底崩潰了。

艾希莉還能回憶起過去，還希望能找到回去的路，可是羅伊變得連正常說話的能力都沒有了。他變得警惕而神經質，有時會主動跑去找東西來獵殺，也有時會被一點風吹草動嚇得尖叫上好幾分鐘。他仍然認識艾希莉，只有艾希莉能讓他平靜下來，可是當艾希莉偶爾放鬆警惕，或者自顧不暇的時候，羅伊就可能突然失常。

後來艾希莉才發現，羅伊身上的每個傷痕裡都長出了一隻眼睛，而且皮膚非常強韌，很難受傷。艾希莉的皮膚也比從前硬，她可以徒手抓握刀刃，但羅伊的皮膚更誇張，當他把眼睛閉緊後，在這裡能找到的任何東西都傷害不了他。

艾希莉不知道具體的原理，只是隱約覺得，也許這樣讓羅伊覺得更安全，這就是他成長的方向。在獵人面前的時候，羅伊只張開過一隻眼睛。獵人沒有挖過他的眼睛，但他見過它對「居民」這樣做。那些「居民」把眼睛藏在口腔裡，於是，羅伊就把長出來的更多眼睛藏在傷口中。

隨著他漸漸成長，他的皮膚變得堅韌，傷口卻沒有閉合，而是變成了無數隱蔽的眼皮。艾希莉不知道為什麼羅伊的膚色比她更深，大概這也是他自己希望的。他可以藏身在顏色灰暗的森林裡，融於環境，猛一看去就像樹木或者影子。

自從找到這個斷崖，艾希莉和羅伊就一直藏身在谷底。他們逃走的時候，拿走了樹屋裡的一些物資，還帶上了自己原本穿的鞋子，羅伊的體型變得比從前稍微大了一圈，他穿不下皮鞋了，艾希莉的腳也塞不進過去的高跟鞋裡。

艾希莉曾經試圖穿過灰色樹林，回到那個看起來很像松鼠鎮的地方。她知道那不是真的家鄉，但她想試試，試著在那裡找到某種希望。

她曾經往回走過，走了很遠。她成功地避開了「獵人」，也沒有被「居民」阻礙，但她就是怎麼也找不到那個地方。

好像一旦離開，一旦看見新的景色，就再也回不去了。

艾希莉說完之後，沉默了很久的列維問：「妳想過繼續往前走嗎？」

「想過，但是……還是不了。」艾希莉說。

「我有一些別的線索，」列維說，「講起來有些複雜……簡單來說，我們要去稍遠的地方調查一個現象，那可能是我們回家的線索。不久前，有個屬於這世界的生物出現在了我們的世界上，雖然只出現了很短的時間……但這可以證明，我們應該也有機會回去，只是回去的路不一定在原來的地方。」

說這些的時候，列維對萊爾德使了使眼色，像是希望他幫忙說服艾希莉。

萊爾德猜到了列維的目的：他要繼續探索，至少也要找到「伊蓮娜」最後出現過的那個座標，所以，他想帶上艾希莉和羅伊一起走。萊爾德裝作沒反應，無視了列維的眼神。

艾希莉又往洞裡面縮了縮，「我們不離開。」

「你們打算一直留在這？」列維問，「難道妳打算永遠徘徊在這個地方，像被妳稱為『居民』的那些東西一樣，就這麼耗下去？」

艾希莉點點頭，「是，我就是要這樣。」

「但是……」

「我們已經不能回家了。」她回頭看了看羅伊，「之前我也總是想，到底要怎麼樣才能回去呢……現在我不想了。我發現了，我們兩個都不能回去了。往哪走都沒意義。我們已經是……」

列維說：「妳沒試過又怎麼知道？也許等我們找到出路，妳就會變回原來的樣子了。」

說著，他一手拍拍萊爾德的肩，「他小時候也進來過，然後順利離開了。這是他第二次進來。」

聽到這話，傑瑞和肖恩吃驚地看著萊爾德。

「你果然是真的進來過……」傑瑞向萊爾德投去敬佩的目光，「我們這一路就靠你了！」

「別靠我，我什麼都不記得。」萊爾德說，「傑瑞，那時我才五歲，我確實什麼都不記得。也許我只是走失了一段時間而已，並沒有任何證據證明我進過這個地方。」

他邊說邊看向列維，「不要相信媒體人的胡說八道。」

傑瑞說：「但你是靈媒啊，你不能查一下自己身上發生過的事情嗎？比如催眠自己，尋找記憶的碎片什麼的……」

「不能，」萊爾德站起來，「事到如今，我跟你說實話吧，傑瑞。我不是靈媒，我是騙子。」

傑瑞一時無言以對。

萊爾德拉起列維的手臂，「你跟我過來一下，我有話說。」

列維挑挑眉，跟著他起身。看到他們要走開，傑瑞立刻問：「什麼話非要背著我們說？我們不能聽嗎？」

萊爾德看了一圈這幾個學生，「這是大人說正事的時間，你們都還是孩子。」

他拉著列維走遠，身後傳來傑瑞的抱怨：「談正事還有分級制啊？再說了，肖恩都十八歲了……」

一旁的肖恩垂著頭，把臉埋在交疊的雙臂間，「我真佩服你，只要不昏迷，就永遠這麼有精神……」

走到確保那幾個孩子聽不見的距離，萊爾德才停下。

列維問：「怎麼，不想讓他們知道你進來過？」

「不是這件事，」萊爾德說，「你想帶上艾希莉和羅伊？」

「不然呢？把他們留在這嗎？」

「她自己想留在這。」

列維蹙眉，「萊爾德，你總說我刻薄、冷酷、不尊重人、缺乏同情心、沒有團隊精神什麼的……現在我們遇到了失蹤者，我想帶他們一起行動，你竟然不同意？你也變得刻薄冷酷起來了？難道我們就把他們兩個留在這？」

萊爾德看著他搖頭，「你知道嗎？你已經換上了電視節目工作人員的模式，現在的你眼神堅定，表情充滿說服力。但是，我不信。我騙那些懷疑房屋鬧鬼的家庭時，也會對他們擺出這樣的嘴臉。」

列維笑了笑，「你也過於有自知之明了吧……」

萊爾德直接說：「我不想帶著這兩個人。」

「為什麼？」

「我害怕。」

列維審視著他，「你這麼誠實，讓人很不習慣……」

萊爾德說：「艾希莉身上有太多不正常的地方，更別提羅伊……連艾希莉都覺得他不是過去的那個人了。我們要趕到那個座標去，到了之後也不會是終點，也許還要處理很多情況，這一路上會有很多不確定因素，如果再帶著那兩個人，說不定還會遇到什麼危險……誰知道他們接下來會怎麼『成長』？再過幾天，如果艾希莉也失去了基本的理智，那時該怎麼辦？如果他們也變得和那個『獵人』一樣……我們該怎麼辦？」

面對萊爾德的質疑，列維毫不意外，他也想過這些，但他著眼的東西和萊爾德不同。

列維說：「你說得都對。但從另一方面考慮，那女孩比我們更瞭解這個世界，而且，她變得很強壯，也許她反而能保護我們。」

「讓一個快瘋了的女孩保護你？」

「我們已經被她保護過了。」列維說，「不然呢？把兩個瘋了的孩子丟下，讓他們永遠留在這座峽谷裡？你還說自己不冷酷？」

「我並不是想永遠留下她，只是不想讓她和我們一起行動，」萊爾德說，「只要我們搞清楚這裡的祕密，將來一定有辦法接他們出去……」

列維問：「靠你背後的機構嗎？」

「有這個可能。」萊爾德說。

列維盯著他片刻，搖頭笑了笑：「連你自己都不信。」

萊爾德也說：「你剛才說的那一大段話，你自己信嗎？列維，我知道你是怎麼想的……」

「我怎麼想的？」

「你並不關心他們，你不在乎我們可能遇到的危險，你不在乎他們兩個能不能回家，你甚至不在乎……」

他說到一半，停下了。列維看著他的表情，似乎有點能猜到他想說什麼。

你想得沒錯。列維在心裡默默補全這句話。

——我甚至不在乎自己能不能回去。

列維暗暗感慨，萊爾德身為一個外人，竟然已經能理解獵犬的決心了……連新加入學會的人都很難做到這一點。

萊爾德緩了緩，說：「其實我也不是完全反對你的看法……但我又怕冒險。」

列維說：「你也一心想來這個地方，現在你來了，又說害怕冒險？」

「如果只有我們兩個人，我就聽你的，」萊爾德說，「但現在還有傑瑞和肖恩……他們和我們不一樣。」

「哪裡不一樣？」列維問。

「有人在找他們，在等他們回家。」萊爾德頓了頓，「沒有人在等我們。」

列維說：「如果我告訴你……有人在等我呢？」

「哦，你是指有人盼望你帶回去有價值的資訊嗎？」

「是啊。你覺得這種不算，對吧。」

「當然不算。照你這麼說，也有人在等我啊。」

列維想了想，說：「這樣吧，我們可以儘早確立一個原則……」

「什麼意思？」

列維說：「我們可能還會遇到各種現在想像不到的事。在遇到之前，我們可以提前確定一個基本的行動原則，哪怕只是很簡單的那種。」

「可以。你的建議是？」

「我理解你的顧慮。所以，在接下來的行動中，一旦發現有機會回去，我們就優先把傑瑞和肖恩送回去。」

「我同意。」萊爾德說。

「在非必要的情況下，我不會回去。我要繼續尋找想找的東西。」

「我也是，」萊爾德說，「除非必須，或者意外，又或者我判斷應該告一段落。」

列維又說：「至於艾希莉和羅伊……如果艾希莉他們堅持不願意回去，那我們就尊重他們的意願。」

你這話肯定還有後半句。萊爾德看著他，用眼神示意他往下說。

列維稍微留意了一下四周，確信那四個人還留在原地。他更加靠近萊爾德，壓低聲音道：「但是，等到最後，等到我也有機會回去、而且需要回去的時候……我要帶上他們。哪怕只是其中一個，或者只是屍體，甚至身體的一部分。」

聲音伴隨著呼吸，輕輕打在萊爾德耳邊。萊爾德已經依稀猜到了列維的意思，但聽他親口說出來，還是有些不寒而慄。

萊爾德沉默了片刻，問：「你這麼有自信？認為自己真的有機會帶他們回去？」

「不。我沒自信。我只是認為應該提前溝通好這些，免得在突發情況下和你產生分歧。」

「好吧，我明白了。謝謝你如此尊重我。」萊爾德輕輕嘆氣，「列維・卡拉澤，我真好奇你的童年，你是怎麼成長的。明明住過精神病院的人是我，可我覺得你比我的病情嚴重多了。」

列維笑了笑，「等我們順利回家後，那時我再跟你聊童年。」

萊爾德搖搖頭：「算了吧，說這種話的人通常都回不了家。」

羅伊變成現在的樣子之後，他的衣服穿不下了，鞋子也塞不進厚了一層的雙腳，所以艾希莉把他的衣服鞋子拿出來，送給了傑瑞和肖恩。

傑瑞扔掉拖鞋，換上了羅伊的皮鞋。艾希莉又從小山洞內的土坑裡挖出一雙靴子。

「這是『獵人』的，」艾希莉把靴子推到肖恩面前，「我這件衣服也是它的。我們逃走前，拿了樹屋裡的一些東西。」

肖恩接過靴子，目測自己應該穿得下。靴子是柔軟的皮質，樣式像是古老年代的馬靴，靴筒和鞋面上到處都是磨損，鞋底倒是還很牢固。肖恩記得那個嵌合人並不穿鞋……當然也不穿斗篷什麼的。現在他已經想到了，那東西曾經也是人，而且是樹屋的主人。這並不能讓人安心，反而更讓人覺得不適。

肖恩看著艾希莉，「接下來，我們可能要去峽谷的另一邊，繼續往別的地方走。」

艾希莉點點頭，「這樣是對的。反正你們回不到來的地方。」

肖恩問：「你們真的不跟我們一起走嗎?這座峽谷真的夠安全嗎？」

「是安全的。『獵人』和『居民』從不下來。」

肖恩說：「你們失蹤了一個月，推算起來，你們在這裡最多也就待了一兩週吧？這一兩週內，谷底沒有任何危險，上面灰色樹林裡的東西也不下來，對嗎？」

「對，怎麼了？」艾希莉困惑地看著他。

「妳之前說過，『獵人』是這附近最危險的東西。」肖恩低頭思索著，「妳還說過，『獵人』曾經帶著羅伊靠近這裡，但沒有下來過……既然它到處狩獵，那它為什麼不下來？」

「肖恩……」傑瑞向他靠了靠，「你不要故意嚇唬我們……」

「我不是嚇唬人，這是我們應該考慮的事情，」肖恩說，「艾希莉和羅伊最多只在這躲了半個月，而森林裡的東西已經存在了不知道多久的時間，它們一定比艾希莉更瞭解這座峽谷。那麼……它們為什麼避開這裡？它們在躲什麼？」

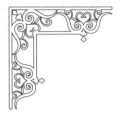

SEEK NO EVIL

CHAPTER ELEVEN

【寫在勒瑞奇海灣】

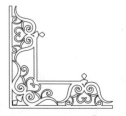

「啪噠」。

一塊小石頭從高處滾了下來。

萊爾德和列維正要回去。列維抬起頭，望向他們來時的那側斷崖。崖邊有個灰色的影子，它踱來踱去，全身的幾十條手臂伸展著，像巨大的海葵觸手般焦躁地晃動。是那個嵌合人。

萊爾德抬頭望去，「艾希莉不是說它不來這裡嗎？」

「現在它又願意來了吧。」列維加快腳步，奔向艾希莉他們的小山洞。

萊爾德抬起頭，只見灰色的獵人抓起一隻血紅色怪物，朝谷底扔了下來。

紅色怪物落在距離萊爾德很遠的地方。嵌合人好像並不是想瞄準誰，甚至它可能根本看不見下面，它只是隨便把那隻怪物丟下來，讓它掉落在石頭地上。這詭異的舉動讓列維停下腳步，回頭看著被扔下來的紅色怪物。

與此同時，傑瑞看到列維和萊爾德回來了，他站起來，想迎上去問他們探討出了什麼妙計，剛走兩步，就被斷崖上的聲音和落下的紅色怪物嚇了一跳。

「怎麼啦？」洞裡的艾希莉也探出頭來。

被扔下谷底的紅色怪物抽搐了幾下，慘叫著原地翻滾起來。那叫聲並不像是因為身體被摔傷，更像是被什麼東西嚇到時的驚叫。它應該是摔傷了，所以只能掙扎、吼叫，卻不能站起來逃命或攻擊。

艾希莉驚訝地看著這一幕，她從未見過這樣的場面。她也發現了斷崖上的獵人，但獵人應該還沒看見她，她慢慢蹲下，拿起小鐮刀，隨時做好自衛的準備。

斷崖上傳來窸窸窣窣的聲音，又有兩隻紅色怪物被丟了下來。這次列維和萊爾德都看清楚了，被丟下來的怪物本就失去了行走能力。獵人先把它們弄殘，再丟下來，確保它們失去行動能力，躺在原地，等待著某種命運……

在它們掙扎扭動的時候，血珠從裸露的肌肉上滲出來，沾染在石地上，向著谷底遠處流去。從斷崖上掉落的小石頭也在往那邊滾，可是地面明明沒有明顯的坡度……

突然羅伊也尖叫起來。他一把推開艾希莉，弓著背衝出洞口，傑瑞與肖恩連忙閃到一旁，讓他跳到了谷底中間。

羅伊原地轉了幾圈，最終面向紅色怪物的方向，張開了渾身的眼睛。

他肢體緊繃，眼球震顫著，如果其中一隻眼睛長在正常的位置，那它透露出的應該是驚恐或緊張。但畢竟羅伊的模樣對別人來說已經很驚恐了，所以大家反而只是盯著他，沒有立刻留意到他究竟在看什麼。

是艾希莉第一個明白過來。

「傑瑞，肖恩，還有……」她忘記了列維和萊爾德叫什麼，「你們不是要走嗎？

現在就走吧！我們從另一側上去！」

同時，她向前走了幾步，一手搭在羅伊的肩上。

「羅伊，親愛的，看著我。」她說。

羅伊腦後的眼睛盯著她，其他眼睛仍然在警惕地看著四周。

「我不知道你看見了什麼……」她站近一步，「我還看不見……但是我知道，你一定是看見了危險。羅伊，聽著，我要帶他們上去，」她指著另一側斷崖，「你要跟著我，也要上來，好嗎？」

羅伊發出一聲低沉的叫聲，表示聽懂了艾希莉的話。

斷崖上的獵人似乎察覺到了什麼。它嘶啞地呻吟著，這聲音令艾希莉和羅伊渾身一顫。列維在一旁想，也許他們從前聽過它發出這種聲音，也許這代表它在呼喚他們……

艾希莉一把拉過肖恩，因為肖恩站得離她最近。肖恩已經被她背過一回，這次已經不會太難為情了，只是突然緊張起來的氣氛令他手足無措……雖然一開始是他先提出這座峽谷也許有危險的。

他小心翼翼地問艾希莉：「妳發現什麼了？告訴我們好嗎，妳這樣很嚇人……」

艾希莉並不回答。她伸出另一對手臂，像下來時一樣把肖恩固定在自己背上，跳上對側的崖壁。

肖恩被飛速帶走了，傑瑞像丟了殼的蝸牛一樣沒安全感，於是他迅速貼到萊爾德身邊。他想看著肖恩和艾希莉，於是抬起頭，然後輕聲「咦」了一下。萊爾德和列維也跟著抬頭。

峽谷上方呈現出一種古怪的狀態，來時那側的天空保持原樣，對側則從中段以上開始聚起了濃霧。艾希莉和肖恩的身影消失在霧中，肖恩的聲音遠遠傳來，還不小心爆了粗口，顯然他也看到了身邊突然出現的霧氣。

霧氣是一閃念之間出現的。之前他們在谷底坐了這麼久，大家都偶然抬過頭，可誰都沒看到高處有霧。

當人在斷崖邊時，它遮蔽視線，讓人看不清崖下的景象，一旦你真的決定下來，它就消失了；當人在谷底時，它把天空和對側崖壁通透地展示出來；而當你想爬上去時，它又再次遮蔽天空，讓人看不清上面的東西……

「這……」萊爾德感慨道，「這霧好像在阻擋我們往前走。」

「我倒覺得不是……」傑瑞瞇眼看著上面，罕見地思考著，「你們兩個不玩電玩，對吧？」

萊爾德和列維都在心底佩服他，怎麼現在還能想起電玩。

傑瑞說：「這個霧氣很像在載入新地圖啊……你們能明白我的意思嗎？就是操縱遊戲人物前進時，遇到場景轉換時，新的場景建模還沒載入的時候，會出現一瞬間的畫面空缺……你們的表情怎麼這麼茫然，你們真的沒玩過電玩？」

「不，我明白你的意思，」萊爾德說，「但我們肯定不是在電玩裡。要真是這樣倒好了，你肯定已經認出是哪款遊戲了。」

列維抬頭望向濃霧，「我們當然不是在電玩裡，但傑瑞說的比喻也挺有趣……我們觸發了一些什麼，才會看到相應的東西，如果不觸發，即使那些東西、那些地方仍然客觀存在，我們也不會看見。就像遊戲人物也看不見硬碟裡的程式，即使它們要互動的東西就在眼前。」

萊爾德說：「我明白你的意思了。這就和『不協之門』的原理一樣，和日記裡那句話也一樣。」

樹屋日記中的那句話——洞察即地獄。

先看見門，才能走進去。先看見過渡的黑暗中有某種出路，才能到達此地。眼熟的房子、小鎮、草地、樹籬……都只是布幕般的畫面，是出自內心的假象，蒙蔽住了真正的感知，猶如夢醒時那短暫的恍惚……在這裡，如果不真正「清醒」過來，這份恍惚會永遠持續下去。

何時察覺到真正的世界，真正的世界就何時露出獠牙。

「這是好事，」列維說，「如果我們傻呼呼地一直走在那片草地裡，就算走到座標上的位置，恐怕也什麼都找不到，只會看到一模一樣的假象。」

萊爾德說：「現在我們也在看著某種假象。」

「也許是的。」列維說。

「所以，現在是怎麼回事……我們三個，為什麼都抬頭盯著天空，不看別的地方？如果我們看看周圍，會看到什麼？」

萊爾德說完，列維和傑瑞的表情都有些僵硬。

從剛才起，他們三個人一直仰著頭，只盯著濃霧，不看四周。就像是身體代替頭腦做出了判斷，無意識地迴避著什麼東西。

列維收回目光，望向站在不遠處的羅伊。接著是萊爾德，然後傑瑞也忍不住望了過去。

羅伊背對他們，保持著剛才的姿勢，在他面前幾公尺遠的地方，若干隻紅色怪物正在被分解。血液離開肌肉，肌肉碎成粉末，它們的身體一層一層地化為細碎的東西，消失在土地裡。

或者說，那根本不是土地，而是一種活的東西。它在進食，在吃接觸到它的生命。

發覺這一點的瞬間，列維把萊爾德推到了旁邊的崖壁上，萊爾德的反應也很快，他立刻抓著崖壁上的凹陷，盡力踏上較高的凸起石頭。

他這麼做的同時也高聲提醒了傑瑞，傑瑞立刻跳到之前坐過的大石頭上。

已經站上去之後，傑瑞才意識到這也許不是最好的選擇。他腳下的大石頭距離崖壁有點遠，他只能孤零零地站在上面，搆不到任何一邊的崖壁。

列維和萊爾德一樣，也選擇了崖壁邊緣凸出的石頭。站穩後列維回過頭，只見傑瑞手足無措地看著他們。

「你……」他想責備這孩子，又覺得說了也沒什麼用，「你不要動！別下來！」

「我知道！」傑瑞帶著哭腔，「這……這是什麼？」

被艾希莉背下來的時候，列維就已經發現崖底的地面顏色不同了。崖底的地面不像上面那樣到處灰撲撲的，而是呈現著淡淡的土紅色。當時他並沒有覺得不對勁，紅土本來就很正常。但這不是紅土，這是活的東西。是舒展成平面的血肉之色。

怪不得灰色樹林裡的生物不會下來。它們早就知道峽谷裡有什麼。

至於為什麼艾希莉和羅伊在這待了很久也沒事……顯然這個「生物」和人一樣，吃飽了之後總會停止進食一段時間。

他們三人的騷動吸引了羅伊的注意力。羅伊身後的眼睛看向他們，頭微微歪著，似乎在努力理解他們的情況。

羅伊好像並不害怕「地面」，他依然站在地上，閉上了腳踝以下的眼睛。他維持著警戒，針對的是崖上的獵人。在他腳掌的邊緣，淡紅色的地面泛著細小的漣漪，小得不仔細看就很難發現。它們在執著地嘗試，徒勞地攻擊著羅伊的皮膚。

傑瑞站在石頭上看著這一幕，手緊緊捂著嘴巴。紅土這微小而激烈的攻擊方式，令他想起小時候的一次度假經歷。

那次他和媽媽去了某個觀光島嶼，他坐在一座池子邊，把雙腳垂入水中，水裡有很多小魚爭先恐後地親吻人們的腿腳。媽媽說，牠們在吃人身上的角質，據說這樣對人的皮膚有好處。

小時候的傑瑞怎麼也想不明白，魚怎麼會知道這樣做會對人有好處？以及，魚為什麼會想要給人好處？

現在盯著羅伊的雙腳時，傑瑞打了個寒顫。

魚當然不是為了給人好處，牠們只是想「吃」而已。牠們在吃人。當然，牠們是吃不掉整個人的，但如果可以做到，牠們多半也會非常樂意。就像現在綿延在整座谷底的土紅色一樣。

這時，羅伊嘶嘶叫了一聲。他左腳踝上冒出小股鮮血，一顆眼球被撕開了。

土地開始「漲潮」。它咬不穿羅伊的皮膚，就繼續向上隆起，已經淹到他的腳背。羅伊一直在戒備斷崖上的獵人，所以沒有及時發現地面的變化。

他連忙把腳踝高度的眼睛都閉上，一直閉到膝蓋以下。

看到這一幕，萊爾德面色蒼白地問：「看來站石頭上也不安全……列維，我們得往高處走。你有徒手攀岩的本事嗎？」

列維說：「在有設備的情況下訓練過。徒手不行。」

「得了吧，我看你和我一樣根本沒辦法爬上去。反正也沒人能驗證，於是你就說是因為缺少設備，這樣會顯得更有尊嚴點。」

列維沉著臉，「挖苦我也不能讓你得到攀岩能力。」

比起他們兩個，傑瑞更加危險，他站在遠離崖壁的石頭上，就算想爬高也一點辦法都沒有。

「艾希莉怎麼還沒回來！」他大喊起來，「艾希莉！妳送完肖恩了嗎！快回來啊！救命啊！」

在他高喊的時候，羅伊腦後的眼睛頻繁開闔，像是突然意識到了什麼。

他轉身向傑瑞走過來。每一次他邁步，土地都眷戀般黏著他的腳底，當然，這不是黏性，是活物在執著地嘗試撕咬他。

羅伊走到傑瑞面前，伸開雙手。傑瑞一直很害怕變成這樣的羅伊，之前他不敢正眼去看，現在也是一樣，但現在他無處可躲。羅伊抓住傑瑞，傑瑞緊緊閉上眼。在傑瑞的驚叫聲中，羅伊把他腦袋向後扛在肩上，雙足甩脫土地，用力一蹬，飛身跳上了崖壁。

之前艾希莉不讓羅伊幫助這四個人，只是因為羅伊的精神不太穩定，其實他和艾希莉一樣可以靈敏地上下斷崖。

傑瑞停止了尖叫，試探著問：「羅伊？你……你想起來我是誰了，是嗎？」

羅伊沒有回答，開始扛著傑瑞向上攀登。他只需要兩隻腳和一隻手就能爬上去，另一手則用來固定傑瑞的身體。

傑瑞不敢近距離看羅伊的身體，也不敢看下面，於是就閉著眼喊：「萊爾德！卡拉澤先生！你們等一等！我會讓艾希莉和羅伊快點下來救你們！」

列維向上看，羅伊和傑瑞的身影很快便消失在濃霧中。

「要不然，我們爬爬看？」萊爾德建議。

列維說：「一旦失足，只會死得更快。」

「好吧……」萊爾德抓緊凸出的石頭，「你說，如果我對地面開槍，能打死這片地嗎？」

列維瞥他一眼，「你聽聽自己在說什麼？」

「萬一這片地……有腦袋呢？」萊爾德說，「就像一隻巨大的魟魚那樣，也許它是有生理結構的……好吧，可能沒有。畢竟有頭的生物就有嘴，有嘴的生物就不會用『表皮』吃飯了……」

有的人在極度緊張時沉默，也有的人會變得非常嘮叨，因為插科打諢能讓他們感覺好一點。列維想，萊爾德身上兼具這兩種特徵，而且會輪流出現。

這時，峽谷高處傳來吼聲。灰色的獵人走到了正對著他們的地方。

「它要幹什麼？」萊爾德看向它。

灰色獵人用行動回答了他。它從腳邊拾起一支削尖的木樁，腰部的手臂把木樁往上遞，一直遞到肩部的手上，然後後撤一步，將木樁向對面山壁擲去。它瞄準的位置很高，針對的並不是崖下的列維和萊爾德。實際上，列維一直盯著它的面部，它好像並不在意他們兩個，或者是根本沒看見。

霧氣中傳來一聲嘶吼，接著又是一聲慘叫……是人類的聲音，女孩子的聲音。

「艾希莉！」萊爾德驚訝道，「為什麼？它為什麼要攻擊他們？」

列維瞇著眼，「是很奇怪，它之前是在養育他們，為什麼現在又要攻擊他們……」

「先不管這些，我們得掩護艾希莉和羅伊。」萊爾德說完，一手抓著凸起的石頭，另一手摸進長袍下的槍帶。這次他沒法再用催淚槍，那東西射程很短，根本打不到峽谷對面。於是，他摸索出的是一把五七式手槍。

列維感嘆道：「之前你怎麼不拿出來？」

萊爾德單手檢查了一下槍支，扒住石頭的另一隻手關節都有些發白。

「之前我不覺得會用得上它。我說了，那把小槍是防身用的……本來我認為能防身就足夠了。」他說，「還有，我得提前和你說清楚，我身上沒有百寶袋，沒有無限武器庫，就這麼多了，不要認為我還能繼續變出別的武器。」

列維點點頭，攀著石頭向他靠近了些，對他伸出一隻手。

「幹什麼？」萊爾德問。

「跨到這邊來，和我踩在同一塊石頭上，」列維說，「我腳下這塊石頭更寬，站得下兩個人。我負責抓緊岩壁，幫你站穩，你雙手拿槍。」

萊爾德腳下能活動的範圍很窄，如果踩在這裡射擊，開槍的同時，人是很難站穩的。

雖然石頭不高，掉下去可不是好玩的。他們面前的地面看上去安安靜靜，而在不遠處那個已不再動彈的紅色怪物身邊，地表仍在泛著細小的波動，以肉眼看不清楚的微小器官持續撕咬著獵物。

萊爾德依言小心地挪動腳步，在列維的協助下，跨到了他那邊的石頭上。

在這期間，高崖上的灰色獵人又投擲出了兩支木樁，霧中沒有傳來艾希莉的聲音，大概是沒有命中，而羅伊一直在斷斷續續吼叫著，聽起來像是恐懼的哀嚎。

列維面向岩壁，扣住石頭的縫隙，利用岩壁輕微傾斜的角度，以整個身體固定住萊爾德。萊爾德面朝他，雙手從列維肩上搭過去，就像環住脖子的擁抱。兩人緊貼在一起，萊爾德雙手持槍，瞄準高崖上的灰色影子。

灰色獵人同側的三隻手分別拿著木樁與尖銳的石頭，準備同時擲出，在它後撤肩部準備出手的同時，萊爾德一槍命中它的左胸。它踉蹌著後退幾步，暫時以高崖為掩蔽。它再冒出頭的瞬間，萊爾德立刻又是一槍。它向後倒去，但還活著，斷崖上傳來一陣陣怒吼聲。

列維的耳朵被震得嗡嗡作響，一時聽不清別的聲音。他剛恢復一點，想問萊爾德情況如何，還未開口，萊爾德接連開槍，又震得他什麼也聽不見。

因為距離太近，他甚至看不清萊爾德的表情。他瞇著眼仔細分辨，發現萊爾德瞪大雙眼，面色驚恐，似乎情況不妙。

情況確實不妙。灰色獵人從崖上又推下來了四五隻紅色的怪物，這次它們都落在列維和萊爾德附近。

落下來的怪物立刻遭到地表的啃食，慘叫聲不絕於耳，同時，灰色獵人直接面對槍聲，朝谷底一躍而下。它踏在一隻紅色怪物的身上，穩住身體，向著兩個人類走來。當它的腳底不得不接觸地面時，它也免不了遭受啃食，但它無視疼痛，大步前行，任憑腳底被撕下一層皮。

萊爾德不斷開槍。灰色獵人身上中彈數次，腦袋上也轟出了一個缺口，可這些足以致命的巨創竟然無法阻止它。萊爾德懷疑這東西根本就不會死……他邊開槍邊大叫著列維的名字，想提醒他什麼，而列維根本聽不見，在這麼近的距離下聽著接連不斷的槍聲，換成誰都很難聽清別的聲音。

灰色獵人大跨一步，伸出身體側前方最強壯、最長的手臂，馬上就要觸及列維的後背。

忽然一道影子疾衝下來，重重落在列維和怪物之間。是羅伊，羅伊跳了下來，直接踩在谷底地面上。

幸好萊爾德及時反應，沒有開槍。在他震驚之時，羅伊已經怒吼著向獵人撲了過去。羅伊比獵人矮小很多，他直接跳到獵人身上，衝擊力差點讓獵人跌倒。

羅伊全身的眼睛輪流開闔，看上去比平時更加瘋狂。

「**艾——希——**」他的聲音沙啞而尖銳，這次不是單純的吼叫，而是明顯在喊著特定發音，「艾——希——莉——艾——希——莉——」

萊爾德意識到，上面的情況多半不妙。不僅因為羅伊此時的反應，更因為艾希莉比羅伊更早上去，卻沒有先回來。那麼肖恩和傑瑞呢？如果艾希莉有危險，在這之前她已經把肖恩送上去了嗎？傑瑞呢？羅伊是把傑瑞安置好才回來，還是將傑瑞一個人留在了高崖中間？

雖然羅伊皮膚堅硬，但他本身的力氣並不是很大，獵人很快就用幾條手臂把他牢牢抓住，固定在自己身上。它好像並不急於甩掉羅伊，反而還一邊禁錮著他，一邊抬頭望向濃霧。

羅伊繼續淒厲地叫著艾希莉的名字，不停掙扎著，而獵人緩緩轉身，那張仍是人類模樣的臉上浮起一絲扭曲的笑容。

「媽的！」看到這一幕，列維罵了一句髒話，故意鬆開了扣緊石頭的雙手，還把萊爾德的手臂從自己肩上拂了下去。

他是下意識這麼做的。本能讓他察覺到了接下來的凶險。

就在下一秒，獵人暴衝向踩在石頭上的兩個人類。萊爾德沒來得及開槍，即使他有機會，子彈也多半無法阻擋此時的獵人。

列維被一股強大的力量扯離岩壁。如果之前他沒有拂開萊爾德的手，那東西可能會把他和萊爾德一起提起來。

獵人抓住列維的一隻手臂，把他舉在面前。列維朝著它的臉揍了一拳，這東西打起來的手感和人類一樣，甚至也會因為受到衝擊而偏過頭去……它明明也是血肉構成的東西，卻中槍數次也不會死亡。在這麼近的距離下，列維發現，怪物的目光落在他的頸部。

他頸間的獵犬銘牌摩擦著皮膚和衣領，發出極為細小的聲音。

獵人又伸過來一隻手，從提著列維手臂的姿勢，改為捏住他的脖子。列維掙扎著。那隻位於怪物肩膀處的手臂極為強壯，單手就能環握住人類的整個脖頸。它的手越收越緊，氧氣從列維胸中一點點流失。

萊爾德單手舉著槍，不知道該怎麼辦，也許開槍不僅沒用，還可能讓怪物放開手，那樣列維就會摔落到「地面」上。

地表仍在升高。那些倒地的紅色怪物已經幾乎被吞沒，萊爾德腳下的石頭只剩剛才的一半高。地面變得更加急切興奮，土紅色上蕩起一陣細細的波瀾，就像熱牛奶在空氣中冷卻時，表面薄膜上起伏的細小皺褶。

「你到底想要什麼？」萊爾德不知道灰色怪物能不能聽懂。

怪物笑了幾下，聲音猶如破舊風箱的呼哧聲。

它舉著已經沒有動靜的列維，手臂移向裸露的地面——然後它放開了手。

萊爾德驚叫了一聲。幸好，列維並沒有掉到地上。關鍵時刻，羅伊掙脫了獵人的鉗制，撲下來和列維滾在一起，最終把列維抱在了自己上方。

雖然只是短瞬間接觸地面，列維身上已經被撕出了許多細小的傷口，他因為缺氧而失去了意識，無法控制自己的肢體遠離地面。

羅伊一手箍在他胸前，帶著他跳起來，攀住岩壁，像剛才扛著傑瑞一樣，把他扛在肩上。

灰色獵人踏著紅色怪物變薄的屍體，向羅伊的方向挪了幾步。羅伊立刻向上攀去。也許因為體力不支，或者是因為列維比傑瑞重很多，羅伊的動作遠不如之前靈敏，攀爬時幾乎有些手忙腳亂。

地面越來越高了。地上那些紅色怪物的屍體已經僅剩一層肉皮。萊爾德抬頭目送了羅伊片刻，慢慢收回目光……現在不是該擔憂別人的時候。

灰色的獵人抬起腳，踏上土紅色地表，一步步向他走來。

一聲槍響之後，萊爾德的右手被按在石壁上。

這一槍當然打空了，在射擊的瞬間，灰色獵人已經撲到他面前，捉住他的手腕往旁邊壓住。灰色獵人用上了六隻手，兩隻手分別壓著萊爾德的手腕，兩隻手從他腋下穿過，提起他的身體，還有兩隻位於腹部的手壓著他的膝蓋，防止他掙扎亂踢。

萊爾德後背緊貼著岩壁，腳尖懸空離開了石頭。灰色獵人把他舉到比自己頭部略高一些的地方，近距離地盯著他。

灰色獵人仍然維持著人類的長相。它的眼睛是藍色的，眼白有些渾濁，再加上眼珠顏色淺淡，所以這雙眼睛從遠處看更加詭異，在近處看反而顯得正常一些……與它對視的瞬間，萊爾德甚至產生了一種錯覺：這雙眼睛似乎並未完全喪失理智……有某種帶著光芒的東西，仍潛藏在瘋狂之下，蜷縮在混沌瞳色的深處。

萊爾德很慶幸這生物沒有掐他的脖子，也沒把他扔到嘶嘶作響的食人地面上。

「你是誰？」他苦笑著問，「天知道你能不能聽懂……不懂也沒辦法，我就隨便問問……你好像挺喜歡詩歌啊？」

獵人歪了一下頭，腦袋上剛才被打裂的地方淌出一些不明黏液。它沒有做出任何攻擊行為，也許它真的在思考。萊爾德盡可能保持著冷靜，輕聲問：「你很喜歡《寫在勒瑞奇海灣》？」

獵人沒有動，連眼睛都眨也不眨，像是凝固成了雕像。萊爾德知道它還清醒著，禁錮著他的那六條手臂都還保持著力道。

「我只活在我們同在的時間內……」萊爾德試著複誦了一下日記本裡的那幾行

詩。當這怪物還是人類的時候，曾經靠默寫它們來平復心緒。

「**嗚……呃……**」

獵人的面龐上，雜亂連成一片的灰色髮鬚裡，發出了低沉粗礪的聲音。

「**未……來，**」它灰藍色的眼睛顫動了一下，「**未來……和過去……都被忘懷……彷彿不會出現……從不存在……**」

它的脖子扭動了一下，骨骼喀喀作響。

萊爾德心跳加快，說不清是激動還是恐懼。這東西說話了……這樣究竟是更好，還是更危險？萊爾德也不敢肯定。

他輕輕跟著說：「但是不久，守護天使遠行，惡魔又君臨我迷惘的心……[2]呃，後面的我就不會背了。」萊爾德長長呼了一口氣，「那個，你究竟是……」

獵人猛地抽搐了一下，嚇得萊爾德沒能把話說完。

「**他們，**」獵人艱難地說，「**我再也不會見到他們了……只有我，只有我……**」

萊爾德回憶起了日記本上的內容。這個人曾經寫下差不多的話。「他們？你是指誰？」

2 依然是雪萊的詩《寫在勒瑞奇海灣》的其中一部分，譯者江楓。後面的詩句是：「我不敢說出我的思想，只是感到軟弱、惆悵，坐看點點白帆乘風破浪，滑行在明亮廣闊的海洋，像精靈推動的輕車，馳越某種澄澈的元素，為奇異的使命前往遠方……」

獵人又伸出了兩隻手，兩隻位於上腹部的手，伸到萊爾德頸側，搭在他的鎖骨旁，停頓了一下，慢慢向下，分別沿著不同的軌跡移動，手指力道稍重地劃過衣料，描摹出既定的某種圖案。

認出這個圖案後，萊爾德的臉色慘白，額頭上冒出一層冷汗。

被怪物抓住都沒讓他如此驚恐，現在他卻連話都說不出，只能微微張著嘴，嘴唇無意識地顫抖著。

「**是……誰……**」獵人一詞一頓地問，「**是誰，留下它，給你？**」

萊爾德一時恍惚，沒有回答，怪物就加大手上的力道，按得萊爾德肋骨發痛。他回過神來，結結巴巴地說：「我不認識……我不記得……」

獵人伸手到他頸間摸索了一下，「**你不是……不是我們。你不是他們。**」

「嗯……我不是……」萊爾德跟著重複。

其實他並不知道怪物在說些什麼……它隔著衣服，在他身上畫出了那個圖案……這讓他頭皮發麻，無法正常思考。

獵人把腦袋貼近他，嘴巴靠近他的耳朵。萊爾德本能地想躲開，獵人又伸出一隻肩膀上的手，捏住他的下顎，讓他不要亂動。萊爾德聽到一種古怪的語言。發音很含糊，唇齒音黏連，奇怪的是，每個音節又似乎很清楚，單獨的音節聽起來有些像英文方言，可他還沒想起是哪個詞，接下來的發音又吞沒了上一個印象，全都連在一起，就變成了根本沒聽過的語言。

獵人的聲音十分輕微，幾乎就是氣音。在不知不覺間，萊爾德卻聽到了震耳的嘶吼，猶如風暴在大海上咆哮。

濃雲從西南方翻湧而來，海面上掀起凶濤惡浪。在暴雨和冰雹的撕扯中，那艘雙桅帆船仍然掛著滿帆。

在這種情況下，有個人堅持站在甲板上，抱著護欄，身上綁著一個巨大的油布包裹。他空出一隻手來，用炭條在木頭上做著計算，寫過的痕跡被他自己的身體和雨水擦去，但這不重要，只要算出接下來的結果就可以。風暴讓這件事變得十分艱難。在他往甲板上畫圖形的時候，不遠處的另一艘船上有人對他們喊話，大概是想幫助他們，以及提醒他們收起風帆……他迎著雨水抬起臉，望著甲板上的其他同伴。他們因為這場遭遇而陷入混亂，也許根本沒聽清遠處的喊話。

在最後一刻，他的圖形完成了。當然，那時他並不認為這叫做「最後一刻」。

他放開護欄，任憑身體被顛簸的甲板拋起，墜向漆黑的海面。海水沒有將他吞沒，迎接他的，是一扇漆成金色的雙開拱門。

一聲刺耳的嗡鳴撕開了這些畫面，穿著黑色斗篷，背著油布包裹的男人站在萊爾德面前。

萊爾德這才意識到，自己正在「看」著一切。剛才他竟然毫無知覺，變成了一個沒有自體存在感的觀察者。

他明明在聽著那怪物說話，不知何時，陌生的發音變成了能理解的話語，理解到的東西又形成了視覺……這一切發生得順其自然，萊爾德都沒能意識到其中的變化。

萊爾德試著發聲，竟然成功了。他感覺不到自身形體的存在，卻能夠控制嘴巴說話。

「你是誰？」他問，「我叫凱茨，你呢？」

穿黑衣的男人嘆了一口氣。他慢慢抬頭，這是個瘦小的中年男人，扁鼻子，藍眼睛，留著缺乏打理的落腮鬍，神色有些畏縮，看起來平凡無奇。

他搖了搖頭，不知是不願說出名字，還是根本不記得了。

「他們怎麼樣了？」他望著萊爾德，「他們也在這裡嗎，他們在哪裡？」

萊爾德還以為他問的是艾希莉和羅伊，於是回答：「他們不在這，早就離開了。」

「我看到他們了，」黑衣男人說，「我認識他們……不，我不是指他們，我說的是他們……他們……與我一同探尋真理之人……」

一連串的「他們」令萊爾德對接下來的溝通感到絕望。他試探著問：「剛才我看到了一艘船，是你讓我看到的嗎？你問的是那艘船嗎？」

「我……再也見不到他們了。」這回是陳述句，不是詢問。萊爾德覺得這大概是一句回答。

黑衣男人雙手捂住臉，似乎陷入了痛苦。與此同時，萊爾德眼前又出現了那艘船的模樣，這次它不是在風暴中的海上，而是停泊在港口。

風暴中背著油布包裹的男人現在身著一身輕裝，正在與一個制帆工匠溝通，商量著如何修補前主帆。說話時，他瞇著眼望向陽光，在那個方向，一個青年背靠主桅而坐，捧著書對他笑了笑。

接著，萊爾德看到了他們從主帆上拆下來的布料，上面以陳舊的黑漆寫著「唐璜號」。

萊爾德愣了一下，又突然醒悟。

一八二二年七月，唐璜號在拉斯佩齊亞海灣傾覆，船上的人全部遇難。[3]

萊爾德花了一點時間才意識到這意味著什麼。這是目前為止他經歷過的……最大

3 唐璜號上的數人全部遇難，包括詩人雪萊。但是文中這個人物大概不在被沖上海岸的屍體中，他在記載中應該是不存在的吧（翻譯過來就是：這個人是作者捏造的。）關於唐璜號沉沒的過程，參考自《雪萊評傳》，出自《十九世紀文學主流》，作者勃蘭兌斯（Georg Brandes）。

的虛幻，比遭遇怪物之類的還要虛幻。

「等等，不會吧？」萊爾德問，「但是歷史記載中……算了，這不是重點。如果你在唐璜號上，你們不是應該在義大利附近嗎……你怎麼會到這裡來？你怎麼會遇到我們？」

之前，萊爾德堅定地認為這地方與外界比例一致，萬一他的推想是錯的，那麼他們很可能無法找到「伊蓮娜」最後出現的座標……他很希望自己沒有錯，希望這世界的方向能有規律可循。

萊爾德又問：「難道你在這世界旅行了幾百年？甚至……走過了相當於從歐洲到美洲的距離？」

考慮到此人進門的年代，也許他真的可以從歐洲徘徊到美洲……但這也不對，至少和黑衣男人的經歷不太相符。萊爾德還記得那本日記的內容，日記不長，僅僅提到了圖書館、樹籬迷宮、河水和灰色樹林，並沒有寫出多麼漫長的旅行。

萊爾德想拿出手機，想給這個人看裡面日記的照片，但他發現自己拿不到手提箱。他沒有手，沒有身體，沒有一切。他只是能看見，能聽見，卻根本不存在。

黑衣男人歪了一下頭，這動作和灰色獵人歪頭時一模一樣。他說：「這是我的旅程……我尋找崗哨。我追尋每一頁書……直到來到這裡……」

「崗哨？崗哨是什麼？」

「崗哨。拓荒者留下的痕跡，歇息，傳承所見的一切。」

萊爾德用力理解了一下，「也就是說……那個樹屋不是你建的，而是在你之前還有別人來過，並留下的？」

黑衣男人緩緩點頭。

「還有多少這樣的崗哨？」

黑衣男人攤開雙手。萊爾德還以為他要用手指表示數字，但他只是雙掌向上，手臂伸展開，平畫了兩個圓。

「從古至今。」

「什麼？」

「從古至今，每一年，每一秒，每一位拓荒者。」

大概這個回答就是「很多」的意思吧……萊爾德問：「你是要找到每一個『崗哨』嗎？」

黑衣男人低著頭，「我即將找到的，是最重要的一個，但是……」他低頭嗤嗤笑了幾聲，聲音似乎帶上了哭腔，「這一次，與之前不同……這一次，我意識到了……我不能找了……不能找了……」

隨著他的語言，萊爾德看到了一片片飛逝而過的記憶，猶如傳說中人類彌留之際的回溯。它們有些抽象，與其說是畫面，不如說是「想法」。

獵人把所感直接傳達給了萊爾德，這樣比用語言描述更加快捷準確。

這是我的最後一次探索。

從前的幾次已消失在記憶之中。

不該知道。

但我知道了。

我長大了。

我懂得了何謂意義。

我不能再找。

萊爾德並不理解黑衣男人所表達的全部意思，倒是明白了其中一點：這個人並不僅僅見過他在日記裡提到的東西。

——這是我的最後一次探索。從前的幾次已消失在記憶之中。

他大概是經歷了某種「重置」。他的日記從描述「圖書館」和「樹籬迷宮」開始，其實在這些之前，他也許還見過更多，還經歷過更多……但那些寶貴的經歷都因某種原因被湮沒了。

奇妙的是，他竟然還記得更久遠的人生，還記得門外面的事，還記得自己最初的使命，還記得所敬仰之人寫下的詩歌……

萊爾德本來想問獵人為什麼還能記得那些，忽然之間，他又覺得不用問了，他可以理解——他想起了小時候住過的房子，地板上的積木城堡，被他弄壞的淺黃色小熊……還有站在他身邊，皺著眉頭的柔伊。

那時她三十一歲，在萊爾德的記憶裡，她永遠是三十一歲的模樣。

萊爾德不記得自己在五歲時是如何看見「門」，也不記得是怎樣走進去的，更不記得進去後具體經歷了什麼。但他一直清楚地記得與柔伊相處的最後時光。

所以，大概這位獵人也一樣。總有一些珍貴且真實的東西，會變成最難以磨去的烙印。

萊爾德陷入思索時，視野晃動了一下。黑衣男人的形象短暫地消失，又再度出現。

在黑衣男人消失的那個瞬間，萊爾德重新看到了灰色的嵌合人，身體也感覺到了被死死抓住的疼痛，耳邊還聽到了獵人的聲音……黑衣男人重新出現後，這些現實中的感知又消失了。

似乎有什麼正在干擾他們的溝通，把他們的感知拉回真正的外界。

黑衣男人的呼吸急促起來，「我……記住，記住……不要混淆界限……我們還未出生……」

他在日記裡寫過類似的話。

萊爾德問：「什麼是『還未出生』？難道我們會在原本的世界中徹底消失嗎？就像從未出生過一樣？」

但門的效應並不是這樣的。在涉及「門」的案例中，失蹤者的親屬通常都在積極尋人，甚至一輩子也不會放棄。就比如萊爾德的外祖母，她直到死前還在思念女兒。即使有的家庭放棄了尋找，他們也沒忘掉失蹤者。更何況，也有少數失蹤者活著回來的案例，比如安琪拉，比如萊爾德自己……

黑衣男人根本沒有聽他在問什麼，只是自顧自地說下去：「他們與我一同追尋真理，如今，只有我混淆了界限……現在我才明白……不要混淆界限……記住……」

倏忽間，他與萊爾德的距離拉近了很多，就像獵人與萊爾德實際的距離一樣。

黑衣男人實際的身高偏矮，萊爾德得低頭看他。萊爾德忽然覺得，這視角與被獵人舉起來時好像也差不多。

「我可以對你說，你要記住，」男人的眼球止不住地震顫著，語調比剛才急促，聲音卻變模糊了，「我們註定要，剝離表層，成為，真正該成為的東西，但……界限不該被混淆，正如成人不得返回母體……不要讓他們……察覺這一切……」

萊爾德問：「『他們』是誰？」

剛說完這句話，萊爾德突然又能感覺到自己的身體了。他仍然被灰色的獵人抓著，被帶著移動。獵人巨大的身體在顫抖，萊爾德的頭被它固定著，看不到它究竟怎麼了。也許是它無力再維持那個意識世界，於是它和萊爾德都重新感知到了現實。

獵人還在萊爾德耳邊說著話，它講的根本不是「語言」，而是某種咒語之類的東西。雖然萊爾德聽不懂那些發音，卻能在腦中直接領會到含義。

「**和你一起的……**」獵人說，「**拓荒者……**」

萊爾德問：「你是說誰？列維嗎？你怎麼會認識他？」

「**不要讓他……祕密……不要混淆界限……我們……不要讓他們察覺……不要找到……**」

萊爾德聽到的東西開始混亂了。獵人發出的聲音越來越模糊。

一塊凸出的石頭劃過脊背，萊爾德這才明確地感覺到，自己正被獵人帶著向上攀爬。但獵人的速度比較慢，好像還不如艾希莉或羅伊敏捷。

獵人咆哮了一聲，是它之前常發出的聲音，那種野獸般的聲音。下一秒，它又切換回了不明語言，它在萊爾德耳邊說：「**如果我無法……你幫我……殺了他，殺了他們！**」

說話時，它手上的力道不自覺地加重，萊爾德很怕被它捏斷手臂，就大著膽子掙扎了一下。獵人抓著他下顎的手鬆開了一點，萊爾德低下頭，本來是想看看自己距離谷底有多遠，卻看到了獵人血肉模糊的下半身。

不知何時，獵人的大腿中段以下都不見了，還有幾隻比較靠下的手臂也不見了。它用剩下的手臂輪流抓住石頭，用暴露在外的腿骨斷面戳在岩壁上，一邊淌著血，一邊慢慢向上攀登。

谷底的紅土地喧騰著，仍在繼續漲高。因為吃到了令它滿足的東西，所以它更加猛烈地追咬獵物。

淪為獵物的獵人繼續說著：「**殺掉他們……不能回去……撕毀書頁！處決獵犬！**」

它又一陣抽搐，伴隨著幾聲懊惱的嗚咽，理智在做出最後的抵抗。

「**殺掉……殺掉所有拓荒者！**」

把這句話傳遞給萊爾德之後，獵人不再使用語言了。

它的嘴角向兩側咧開，淌下混雜著鮮血的口涎。它仰起脖子，瞪大眼睛，向著斷崖高處發出暴怒的咆哮。

穿過霧氣，斷崖上的風景和對面完全不同，這邊沒有灰色樹林，只有一些稀疏的灌木，遠處是地勢高低不平、怪石林立的荒原戈壁。

艾希莉趴在懸崖邊緣，一支細長的木樁自她後背刺入，完全穿透了身體，血不停從她身下湧出，順著岩石縫隙流下。

肖恩跪在崖邊。他已經被艾希莉平安送上來了，在艾希莉準備下去再接一個人的時候，削尖的石矛和細木樁從霧中射了過來，其中一柄正刺入艾希莉的後腰。

這件事發生時，羅伊正扛著傑瑞靠近。艾希莉的血滴落下來，正好落在羅伊張開的眼睛上，他頓時失去冷靜，尖叫一聲，把傑瑞按在旁邊有凸出石塊的崖壁上，獨自從原地跳了下去。

幸好他把傑瑞按在稍有坡度的地方，腳下也有塊凸出的石頭。但傑瑞堅持不了多久，他憑藉瞬間爆發出的求生欲緊緊抓住岩壁，卻無法移動哪怕一毫米。

雖然距離崖頂已經不遠，但傑瑞連體能訓練中心的人工攀岩遊戲都沒玩過，更別提攀爬真正的斷崖了。他甚至連頭都不敢動一下，只能可憐巴巴地帶著哭腔叫肖恩。

尚恩趴在崖邊看了一下，距離太遠了，他不可能搆到傑瑞。

艾希莉被擊中時，她的下半身還在懸崖外。她用四隻手死死吸住地面，才沒有失控掉下去。尚恩好歹把她整個人拉了上來，讓她趴在崖邊，但對刺穿她身體的木樁無能為力。

「下半身動不了了，」艾希莉說，「一點感覺都沒有，不痛，別擔心。」

「這比痛更糟糕！」尚恩說著的時候，同時還能聽到崖下傑瑞的哭聲。

艾希莉嗤嗤笑了兩下，「我知道。我好像……我認識的，誰，是醫生來著，告訴過我……這樣更糟……」

「妳媽媽是醫生。」尚恩說。

「哦……我有個印象，卻想不起來是她了……」艾希莉試著動了動四隻手，手還比較靈活。她伸出手臂，吸住地面，再收縮手臂，用這種方式拖著身體向前爬了一點點，更加靠近崖邊。

「我是這樣打算的，」艾希莉喘著氣說，「尚恩，我用一隻手纏住你，把你放下去，你去拉住傑瑞。我力氣很大，趁著我還清醒，我能拉住你。」

尚恩靠近她，「這樣會不會讓妳更嚴重……」

「不知道，」艾希莉向他伸出兩隻手臂，「我不痛，只是有點累……先把傑瑞弄上來吧，他好笨……」

她用兩隻手吸緊地面，另外兩隻手分別纏住肖恩的胸前和腿間。如果是從前，肖恩肯定會覺得十分難為情，但現在他拚了命才抑制住想放聲大哭的衝動，根本顧不得什麼羞恥了。

他挪到懸崖邊，咬緊牙關，一邊被艾希莉伸長的手臂保護著，一邊用腳試探摸索著能踩的石頭。

艾希莉的手臂可以吸附物體，可以輕度變形，但它們並不能無限延伸。肖恩在它們的幫助下向下爬了一人多高，來到了傑瑞上方，艾希莉的手臂幾乎已經伸展到了極限。

「傑瑞，你抬一下頭。」肖恩對他喊。

下面傳來弱弱的聲音，「我怕掉下去……」

「抬頭不會讓你掉下去。不然你要怎麼上來？」肖恩說，「我就在離你很近的地方。」

傑瑞慢慢向上看，臉只抬起一點點，他害怕任何突然的動作都會讓他失足跌落。肖恩在他的斜上方，兩人之間還有一點距離。幸好肖恩夠高，傑瑞不用伸直手就能抓住他的腿。如果現在被吊著的人是萊爾德，恐怕傑瑞還搆不到他。

「現在你先別動，我再挪挪角度，離你再近點，」肖恩說，「然後你先抓住我的腿，抓牢，然後艾希莉會把我們兩個一起拉回去，明白了嗎？我們距離崖頂沒多遠了！」

傑瑞誠實地說：「我明白了，但我怕做不到……」

肖恩想了想，問：「你記不記得愛芙太太院子裡的草莓？」

愛芙太太是松鼠鎮上有名的園藝達人，憑著對植物的耐心和愛，打造出了鎮上最美的田園小屋和院落。她院子裡有三隻狂暴凶悍的吉娃娃，時刻幫助她守衛著領土，附近的小孩將牠們稱為迷你地獄犬。

傑瑞十歲、肖恩十二歲的那年，他們和另外幾個孩子打賭，賭誰敢去愛芙家摘剛熟的草莓。

愛芙的房屋側面有一段木板牆，下面的土地上有個凹陷的狗洞，肖恩和傑瑞悄悄從這裡鑽了進去，在摘草莓的時候，不幸被巡邏的迷你地獄犬發現。

三隻迷你地獄犬配合默契，多方圍堵，把兩個調皮孩子逼得跑到另一個方向，無法從狗洞返回。情急之下，肖恩助跑起跳，攀住院牆，掙扎蠕動著讓上半身挪到院外，而傑瑞在後面死死抱著他的雙腿，被他帶著一起雙腳離地，兩人一起掛在半空中進退兩難，無法成功逃脫。最後，迷你地獄犬的叫聲驚動了愛芙太太，她狂笑著走出來，這才解除了危機。

傑瑞現在還能回憶起愛芙家草莓的味道，它們特別好看，但並不是很好吃。

「我記得……」傑瑞吸了吸鼻子，「但我們沒有爬出去啊！我們掉回去了！」

肖恩說：「現在不一樣，現在有艾希莉幫我們，我也比從前力氣大。你只要能做到緊緊抓住我就可以。你上次堅持了那麼長的時間，這時間足夠我們上去了，你十歲都做得到，現在肯定更沒問題了。」

傑瑞想了想，咬牙點頭，「好，我一定……」

肖恩挪動到合適的位置後，傑瑞一隻手繼續抓緊石頭，另一隻手伸過去，抓住肖恩的腳踝，手卡在他腳背上，這隻手抓牢之後，再挪動另一隻手。這麼做的時候，傑瑞總覺得落腳處的石頭在鬆動，他好幾次猶豫，最後終於成功讓兩手都抓在肖恩的腿上。一旦他的腳離開岩壁，肖恩和艾希莉都會承擔更大的重量，肖恩和傑瑞都緊貼著崖壁，用雙手和雙腳借點力氣。

艾希莉在上面問：「你們剛才在說『愛芙太太』？」

「是啊，」肖恩回答，「妳記得她嗎？」

「不記得……」艾希莉的聲音很失落，「我完全不記得了……」

「妳不記得也很正常，那時候我們一群男孩胡鬧，妳們女生從沒參與過。而且妳家和她家離得比較遠，妳父母和她也不熟。」

「我父母……我媽媽叫什麼名字來著？」艾希莉問。

尚恩哽了一下，回答了她。然後她又問她父親的名字，尚恩又回答。艾希莉小聲重複著兩個名字，好像這樣能讓她更加冷靜舒適。

尚恩和傑瑞同時想到：其實艾希莉還有個哥哥，但她沒問起他。那人比她年長很多，現在在大城市工作，最近他們沒怎麼見面。艾希莉已經忘記了父母的名字，難道她還記得哥哥的名字，所以才沒有問起？還是說……她根本已經忘記了哥哥這個人？

SEEK NO EVIL

CHAPTER TWELVE

【狩獵結束】

肖恩的手指可以抓住崖邊了。艾希莉的手臂暫時停止收縮，她說要休息一下，一次拉兩個人實在太累了。考慮到她之前的狀態，也許這不完全是重量的問題……是她在不停失血，所以越發衰弱。

懸崖下方傳來窸窸窣窣的聲音，肖恩向下望去，發現是羅伊扛著昏倒的列維爬了上來。大概列維和他的背包加在一起太重了，羅伊的速度很慢，張嘴喘著粗氣，脖子以上的眼睛不停開闔。他從傑瑞和肖恩身邊爬過去，跳上崖頂，把列維粗暴地甩到地上，然後湊到艾希莉身邊。

他的身體輕輕震顫著，喉嚨裡發出嗚嗚的聲音，大概是想詢問艾希莉的傷勢。艾希莉虛弱地對羅伊說了什麼，他立刻領會，又爬下去幫助傑瑞和肖恩。

在羅伊的幫助下，傑瑞和肖恩終於都平安上來了。附近不再有霧氣，他們可以回望灰色樹林，對面崖邊仍然有好幾個黑紅色的物體在蠕動，它們大概都是被灰色的獵人帶來「墊腳」用的，只是還沒被扔下來。

傑瑞望向羅伊：「萊爾德呢？」

羅伊並不理他，只是一邊發出嗚嗚的聲音一邊蹲在艾希莉旁邊。艾希莉現在更加虛弱，似乎也沒有發現還少一個人。

「我往下看看。」肖恩趴下來，頭探到懸崖邊。

他剛伸出頭的瞬間，一道龐大的黑影像狂風般衝了上來。他下意識地閉眼抱住頭，感覺到一個沉重的物體落在他身邊，同時還帶來了一股冰冷的鐵鏽味。

灰色獵人來了。它比之前矮了很多，大腿只剩一小截，斷面還不停淌下黑血。它用斷肢和七八條手臂撐著地面，其他手臂像棘刺一樣伸開，有幾隻手上抓著尖銳的石矛，還有幾隻手的指尖像獸爪般尖利。

灰色怪物的面部的模樣好像變了，它變得比之前更不像人類，咧出的牙齒也更加尖利。萊爾德被它按在懷中。幾隻手分別抓著他的手腳，他握槍的那隻手無法移動。傑瑞蜷縮在較遠的地方，嚇得叫都叫不出來。他擔心地望向肖恩，肖恩就抱著頭趴在灰色怪物身邊。

獵人完全無視了距離他最近的肖恩，他先看了一眼列維，最後目光停留在羅伊和艾希莉的方向。

羅伊面對獵人，發出比之前更尖銳的嚎叫，同時，獵人拖著鮮血淋漓的下身向他撲去。

本應無法動彈的艾希莉竟然也跳了起來。她把靠下的兩隻手當做腿來使用，右上手折向身後，毫不猶豫地拔出了細木樁，以持用武器的姿勢握緊。她搶在羅伊之前衝向獵人，縱身躍起，將木樁對著獵人的面部刺去。

為了迎戰，獵人終於拋開了萊爾德。萊爾德連忙向遠離斷崖的方向爬了過去。

艾希莉撲到獵人身上，獵人毫不躲閃，就這樣讓她把木樁刺進了它的左眼眶內。它抓住艾希莉，把她留在自己身上，艾希莉並不掙扎，而是拔出木樁，一次又一次繼續刺下去。羅伊也撲了上去，他們踉蹌地糾纏在一起，血跡在地上畫出一道道長弧。

艾希莉的聲音變了。她之前一直能正常說話，這一點和羅伊不同，和獵人更不同。而現在，她一邊與獵人糾纏，一邊發出尖銳鳥鳴般的聲音。在傑瑞和肖恩驚駭的目光中，艾希莉扯著獵人的頭顱，咧開嘴露出牙齒，對著它的面部啃咬下去。

肖恩已經藉機爬遠了，突然他又停下，顫抖著站了起來。

「你幹什麼！」傑瑞拉住他的衣服，「別過去！」

肖恩說：「她很不對勁，我得幫幫她，也許……我可以把她從那玩意身上拉下來……」

傑瑞原本在地上癱坐著，聽肖恩這樣說，他一下子爬了起來，繼續緊緊抓著肖恩，「是她自己撲過去的！那個東西傷害過她，也許她是在……在報仇呢？」

短時間內，肖恩無法組織語言來描述心中的猜想，他只是覺得，如果這麼下去，也許艾希莉身上會出現比遇難死亡更可怕的情況……

也許和艾希莉陷入恐懼和憤怒有關，和她想要與那個獵人拚命有關……她會在廝殺中滑向遠離人類的地方，就像當初她和羅伊經歷的「成長」一樣。顯然，她已經距離某種「界限」越來越近。一旦她跨過去，大概就再也回不來了。

肖恩剛甩掉傑瑞的手，傑瑞撲上來抱住他的腰，「你冷靜點！不能過去！」

「都什麼時候了！」肖恩抓著他的手臂，把他從身上拔下來，「你不想幫忙就不幫，別妨礙我！」

傑瑞不停叫著「太危險了」，最後還是被肖恩兩三下推到了一邊。他跌坐在一團雜草上，眼睜睜看著肖恩朝獵人走了過去。

獵人揮舞著最長的幾隻手臂，其中有兩隻手上長有厚而尖銳的指甲。肖恩靈敏地避開了它們，繞到距離艾希莉更近的地方，抱住她一隻晃蕩著的腿，想把她從獵人身上拽下來。但艾希莉根本不配合，獵人也抓她抓得很緊。

肖恩去摳獵人的手。他發現獵人一直在後退，距離懸崖越來越近……似乎是故意的，它就是想帶著艾希莉一起墜下去。是羅伊拉著他們，一直阻礙著獵人的行動。

腳下全都是獵人和艾希莉的血，土地因此變得非常滑膩，羅伊沒有艾希莉那樣大的力氣，只能被拖著一起慢慢走向懸崖。

從剛才起，萊爾德便一直跌坐在旁邊，垂著頭，肩膀微微顫抖。他能感知到周遭的情況，還幾次想舉起槍，但就是辦不到。

獵人不停嘶叫著。這聲音穿透空氣，穿透血肉與骨骼，直接刺進萊爾德腦中，變成了清晰的語言。

「**不要阻止，我，我，帶他們走……殺了他！**」

不知獵人做了什麼，現在它與萊爾德已經沒有肢體接觸了，它的思維竟然還能直接傳達過來。

這種溝通方式非常痛苦，至少對萊爾德來說是如此。他所感知到的每個詞，都是一支無形的針，他「聽見」這些話的方式，就像是被數根長針刺入大腦。

萊爾德低聲呻吟，跪在地上。伴隨著無法形容的痛苦，他模糊的視線慢慢偏轉，轉向距離他不遠的列維。

列維已經慢慢地醒了。他用手肘支撐著身體，艱難地爬起來，眼神還有些渙散。缺氧導致的昏厥一定讓他很不好受。

萊爾德的眼睛裡都是淚水，卻清晰地看到了列維脖子上的一圈瘀血。在谷底的時候，獵人提著列維的脖子，一定是那時留下的。在瘀痕附近，有細小的銀色在微微反光。伴隨著列維試圖爬起來的動作，鑰匙形狀的鍊墜從他領口滑了出來。

看到它的一瞬間，萊爾德暫時沒有想到別的，只有一個想法盤旋在腦子裡：為什麼我能看得這麼清楚？

他們的距離不遠不近，正常來說，他應該只能看到吊墜的輪廓而已。而現在，他竟然知道吊墜上的一切細節，包括六芒星與銜尾蛇，還有字母「L．K」。

「**殺了他，殺了他，殺掉一切拓荒者，殺了他！**」

獵人的嘶吼聲繼續化作一根又一根長針，在萊爾德腦子裡翻攪。

有那麼一兩秒，萊爾德的手失去了知覺，恢復感知時，他已經握緊了差點被丟開的槍。他眼前泛起灰白相間的雪花，雙手抖得厲害，卻竟在這種情況下完成了更換彈匣的動作。

兒時的某些記憶一絲絲浮現出來。很可惜，不是他五歲失蹤期間的記憶，而是他十一二歲的時候……在住院治療期間，他大部分時間都很聽話，好好配合治療才能早點回家。有一次，院方說有個院外的專家想和他見面，為他會診，他爽快地答應了。

萊爾德只是記得有這麼一件事，也記得自己接受過問診和催眠，但不太記得其中細節。

他一直沒把這當回事。記不住才是正常的，他住院了那麼多年，本來就不可能把每次治療過程都記住。

今天，他竟然想起來了一點點。

他半躺在治療椅上，頭上貼著小圓片，圓片上細細的線連著某種儀器。護士說這是為了監護他的大腦情況。準備完畢後，「院外專家」帶著一名年輕學生出現了，他們開始對他問診，也可能是催眠，當時年少的他還以為「催眠」是指真的睡上一覺，但並不是。

幾分鐘後，他不斷地哭泣，慘叫，掙扎……治療椅上的皮帶把他捆得結結實實，他無法掙脫，連頭部都動不了。

他說不清身上到底哪裡痛。先是從惡夢裡的傷口開始，那不是真正的傷口，只是存在於他恐懼的記憶中而已，此時它們好像全都裂開了，明明它們不存在，沒裂開，沒流血……但惡夢裡的疼痛卻全都回來了。

然後是不太嚴重的新傷，近一兩年內的擦傷。在舊傷帶來的巨大痛苦下，新傷好像根本不值一提了。

再然後，是全身的每一塊肌肉和骨骼……劇痛深入靈魂，猶如整個人被活生生地焚燒。他身上沒有任何傷口，那些醫生並沒有打他，甚至都沒怎麼碰他……他實在不明白為什麼會這麼痛。

從前確實有個暴躁的護工打過他。那是在他剛入院不久的時候，那時他還不太聽話，所以吃了點苦。現在他已經學會了規矩，這兩年裡再也沒有惹過麻煩……他不明白，為什麼自己還會遭受如此嚴苛的懲罰。

他不知道折磨是何時結束的，也記不清下次酷刑是從何時開始的。

現在回憶起來，這些應該是起始於他十一歲那年的冬天，痛苦陪伴他度過了耶誕節和新年。一切結束的時候，他已經過了十二歲生日。期間他回過一次家，只是暫時出院，只待了半天就又回來了。他沒對家人說什麼，並不是不敢說，而是……他竟然認為根本不需要說。

為什麼不需要說？那麼可怕的經歷，他為什麼不告訴父親？他為什麼根本想不起來？他為什麼覺得根本無關緊要？

那段日子裡，萊爾德經常見到院外專家和他帶的實習生。

比起年長的專家，小時候的萊爾德當然更喜歡那個實習生，他看起來也就十幾歲，或者是二十歲左右，應該是還在讀大學。全醫院裡都沒有這麼年輕的醫生，而小時候的萊爾德並不懂得此人的年齡與學歷不符。

在專家的診療行為之餘，實習生經常陪萊爾德玩，是那種與醫療無關的、真正意義上的玩。冬天時，他們在院子裡堆雪人，春天到來後，那人帶他到醫院的花壇邊，教他畫粉彩畫……真奇怪，這兩人曾經那樣折磨他，為什麼當時他卻覺得他們很友善？他為什麼還能信任他們？

有一次，萊爾德發現實習生戴了一條項鍊。之前他把項鍊藏在衣領下，從不露出來，最近天氣轉熱，他第一次稍微解開領口。

萊爾德的繼母也總是戴著項鍊，就像是某種護身符一樣，她的項鍊上掛著鑲嵌水晶的高音譜號，大概因為她是聲樂家。實習生戴的鍊墜是鑰匙形狀，上面雕刻著星星，中間還有環形的小蛇，以及一些字母。萊爾德沒看清是什麼字母。

十二歲的萊爾德偷偷猜測，也許實習生戴的也是護身符，上面的字母一定是他女朋友的名字之類的。因為當萊爾德問起項鍊的時候，實習生吞吞吐吐地用別的話題岔了過去。他一定是害羞了。

在今天之前，萊爾德從未刻意回想過這些。他見過很多醫生，他一直覺得那個專家和實習生沒什麼特別的地方。

他從未完全忘記他們，又從未想起過他們。

萊爾德蹣跚著站了起來。他伸手想扶住什麼，卻摸了個空。於是，他更加用力地握緊手中的東西，好像那是唯一能支撐他的物體。

一聲槍響驚醒了他，他才發現自己的手指扣下了扳機。

奇怪的是，他的意識並不模糊。他記得。在意識到「我開槍了」的一瞬間，他發現自己「記得」剛才的事情。

——因為我要殺了他們。

意識中有個聲音這樣解釋道。這是他自己的聲音。

緊接著，他手腕一痛，身體也突然失去了平衡。他又開了一槍，好像還有人因為槍響而尖叫了一聲……叫聲聽起來不像是中彈，更像是被嚇到了，這讓他稍稍安心了一下。

然後他感覺到有人緊緊摟住了他。對方慢慢蹲下來，讓他靠在懷裡。

手腕還是很痛，剛才一定有人狠狠扭了它，或者用什麼打了它。萊爾德模糊的視野漸漸聚焦，列維的臉近在眼前，他瞪著眼睛，看起來非常生氣。

「你他媽的在搞什麼！」列維忍不住罵道，「你醒著嗎？認得我是誰嗎？」

萊爾德的思維重新凝聚起來，回到了當下。果然，是列維抱住了他，還繳了他的槍。

他的第一槍沒有穩住手腕，怪不得打不中，開第二槍的時候，因為距離太近，他還沒來得及瞄準，就被捉住手腕絆倒在地……

但我為什麼要瞄準？

萊爾德問自己：我為什麼要瞄準？我為什麼想拿槍對著這個人？

他的身體徹底癱軟下來，瞇起的雙眼並沒有望著列維，而是望著某種遙遠且無形的東西。

看到萊爾德迷迷糊糊的樣子，列維低聲咒罵一聲，把他放到地上，自己拿起槍向崖邊走去。

「我先去幫忙……回頭再和你算帳！」

肖恩用餘光看到列維，連忙高聲喊了起來。他希望列維幫他把艾希莉拽開，然後再一起把獵人推下斷崖。

也許不用他們推，現在獵人已經有半隻腿踩在崖邊，肖恩和羅伊馬上就要拉不住它了，他們隨時可能一起跌下去。

但列維不打算直接接觸他們。他拿著萊爾德的槍，在較近的距離瞄準，毫不猶豫地開槍。槍聲讓肖恩縮起肩膀。一股冰涼黏稠的液體濺在他臉上，他震驚地扭頭望去，中彈的竟然是艾希莉。她的皮膚堅韌程度不及羅伊，雖然她能空手握住利器，但並不能抵禦大口徑武器在近距離下的威力。

列維並沒有射偏，他的本意就是如此。在肖恩還來不及說什麼之前，他又開了一槍。艾希莉兩隻靠上的手臂中彈，前臂整個被轟斷，斷肢中不斷湧出黑色的血。

見到這一幕，不僅肖恩震驚，羅伊也陷入了混亂，他先是對列維咆哮，但他和獵人互相緊緊禁錮著對方，身體還較著勁，根本無法移動分毫。

「你要做什麼！」肖恩驚恐地大喊。

列維仍然舉著槍，「我在救她。」

「什……」肖恩的聲音被接下來的槍聲吞沒。列維瞄準的是獵人與艾希莉兩個人，他的槍法並不精準，這把槍在近距離下的威力也實在是有些超過。他打中了獵人的幾隻手，同時毫不避開艾希莉的肢體，其中一槍從艾希莉靠下的手臂根部命中，一條手臂和獵人的幾隻手一起斷裂。艾希莉持續尖叫著，歪倒向一旁，獵人殘破的手掌無法再抓住她。肖恩看她要跌倒，連忙撲過去抱住她。

獵人想再次抓住她，卻因為角度問題而沒能成功。因為這個動作，獵人失去平衡，身體一晃，仰面朝懸崖下跌去。

在獵人身形搖晃時，羅伊還拉著它，等它真的仰倒下去，羅伊也察覺到情況不妙，但已經來不及了……因為獵人也同樣牢牢抓著他。

獵人不得不放開了艾希莉，只帶走了羅伊一個。

「羅伊！」肖恩放開渾身浴血的艾希莉，趴到崖邊向下看。

只看了一眼，他就連滾帶爬地後退了幾步。谷底升高了很多。現在土紅色地面和崖頂的距離只有三米左右，範圍卻仍然充滿整座峽谷，整片地面波動著，像是質地粗糙的肉在翻湧。

獵人已經墜入了土紅色的肉裡，大半個身體深陷其中。羅伊被它的七八隻手抱在身上，留在最上面。他閉上了全身的眼睛，土地以細小的波紋包圍著他、啃咬著他，他的外皮堅韌異常，想吃掉他並不容易。

肖恩喘著粗氣，又壯著膽子向前爬了幾步，小心地探出頭。紅土開始「退潮」了。就在這幾分鐘之間，地面比剛才低了點，並且在持續下降。

肖恩下意識伸出手。這瞬間，他似乎突然忘記了土紅色不明物的凶險，只想抓住羅伊。但羅伊隨著紅土的退潮越來越遠，即使肖恩再勇敢，也已經無能為力。

羅伊發出淒厲的哀嚎。

有小片紅土找到了破綻，撕開了他小腿邊的一隻眼睛。他那條腿垂了下去，開始頻繁地抽搐，好像有什麼東西從受傷的眼睛中鑽進了他的身體，正在一路前進。

一開始，肖恩根本沒意識到自己也在慘叫。等他意識到的時候，他停下來，大口地呼吸，然後繼續一邊叫喊，一邊語無倫次地說著什麼。他喊羅伊，喊艾希莉，喊傑瑞……他聲嘶力竭地哭著說「放開他」，那不明物當然不會聽。他對羅伊喊「我們會救你的」，說完後他自己都不信。

於是漸漸地，所有話語都化為了痛哭。

對肖恩來說，羅伊其實不算是特別親密的朋友，他還是和艾希莉更熟一些。在肖恩的認知裡，羅伊只是「艾希莉的那個男朋友」而已，大家聚起來玩的時候，這個人可有可無，他來了也可以炒熱氣氛，如果他不來則更好，單身的大伙能舒服點，省得被迫看他和艾希莉卿卿我我。

肖恩曾試著和羅伊拉近距離，但他們的共同話題實在不多。羅伊喜歡野營、攀岩之類的戶外運動，對賽場運動或電玩毫不關心。肖恩和傑瑞常說的笑話，羅伊聽不懂；羅伊熱情介紹的活動，肖恩和傑瑞也不感興趣。

在派對之前，傑瑞原本只想請肖恩和另外兩個學生，他怕請太多人會被鄰居察覺，然後就會被父母知道。誰知，其中一個男生說要請他的好友，那個朋友又帶了女友……以此類推，最後客人越來越多，一共來了十三個人……人多了之後傑瑞反而不害怕了，還產生了一絲成就感。

簡單來說，最初的邀請名單上，原本並沒有艾希莉和羅伊。艾希莉在派對前一天才決定要來。至於羅伊，艾希莉去哪，他就去哪，他們總是膩在一起。

肖恩想著，如果我沒把生日派對的事告訴艾希莉該多好……如果艾希莉沒有去參加派對，羅伊就也不會去，他們就不會看到奇怪的門，現在就不會遇到這種事……

接著他又意識到，連我都會後悔，那麼……當艾希莉與羅伊在這裡被折磨的時候，他們是否已經後悔過了無數次？甚至，他們是否後悔與我和傑瑞做朋友，甚至是否後悔認識我們……

這樣想的時候，肖恩依然望著懸崖下。

肉眼望去，谷底和崖邊的距離比之前更遠了，這條峽谷似乎變深了一點點。地面已經恢復平靜，看起來就是普通的紅土谷底而已。

紅色無皮怪物也好，獵人也好，羅伊也好，都已經不見了。

斷崖對面，那片他們經過的樹林裡發出沙沙聲，持續了一小段時間，又恢復了寧靜。雲霧再次升起，由薄變濃，溢滿峽谷，隔開兩側斷崖，遮蔽住視野。

肖恩眼前發黑，胸口悶痛，差點喘不過氣。

有人雙手抓著他的腋下，把他拖著往後面走，他回頭一看，是列維。列維把他拉到遠離懸崖的安全位置，站在旁邊，緊鎖著眉，居高臨下地看著他，也不知在想些什麼。

傑瑞蹲在一叢灌木後面，肖恩頹然坐在地上，列維沉默地注視著濃霧，萊爾德繼續趴在原地，不知是否清醒。

艾希莉躺在肖恩附近，肩膀偶爾顫動一下，沒有發出任何聲音。她的傷雖然嚴重，卻沒有繼續大量失血，她的創口上長出了新的痂，流血已經止住了。大概她和灰色獵人一樣，雖然可以被子彈傷害，但很難被打死。

又過了不知道多久，傑瑞再也受不了這令人窒息的氣氛，第一個打破了寂靜。

「那個……接下來我們怎麼辦？」

沒有人馬上出聲。他心裡咯噔一下，又問：「你們都還好嗎？」

列維回頭看了他一眼，眼神很正常，只是有點漠然和不耐煩而已。傑瑞稍微鬆了一口氣，他鑽出灌木叢，走向肖恩，把手搭在肖恩肩上。肖恩一動也不動，於是他蹲到肖恩身邊，歪著頭看他。肖恩抬了一下眼睛，仍然不說話。

「肖恩？你沒事吧？」傑瑞打量了一下肖恩的全身，好像沒有傷口什麼的，「幸好你沒事，我們應該暫時安全了吧，你……」

「你閉嘴。」肖恩低著頭說。

傑瑞一愣，肖恩從沒這樣和他說過話，一次也沒有。

他從蹲姿改為坐在地上，默默坐在肖恩身邊，小心翼翼地看著肖恩，暫時不敢再說話。

列維默默看了看這兩個孩子，轉身向萊爾德走去。

萊爾德側躺著，曲起腿蜷成一團，雙臂交叉抱在一起。列維推了他的肩膀，第一下時他無動於衷，列維又推了幾下，最後抓著他的肩把他翻了過來，這時萊爾德的全身突然震動一下，睜開雙眼，目光驚懼地望著列維。

列維問：「你怎麼樣了？」

「我很好……」萊爾德的聲音放得很輕，就像是怕打擾別人休息，所以故意悄悄說話。

「剛才你是怎麼回事？」列維問。

萊爾德臉上帶著困惑，似乎沒有理解這個問題。他沒有回答，而是問：「我……可以回去了嗎？」

列維這才察覺不對。萊爾德的語氣和表情都不對勁。

「回去？」

「我不是說回家……我知道我還不能回家。我能回房間嗎，醫生？」

列維低下頭，看到萊爾德的一隻手抓著他的衣服邊緣。

他震驚地回望萊爾德的雙眼，那雙眼睛裡有他曾經見過的恐懼，也有一絲他從未見過的、悲傷而卑微的討好之意。

「萊爾德．凱茨？」列維試著問。

「是的，醫生。」萊爾德立刻回答。

列維下意識說了句「我不是醫生」，萊爾德聽見了。他的眼睛瞪得更大，抓著列維衣服的手握得更緊，他另一隻手臂支撐地面，稍稍坐起來一點，湊近列維。

「我知道你不是醫生，你是實習生……我知道，我只是這麼叫你……」

列維一頭霧水，「什麼實習生？我不是實習生。」

「那你是誰？你和我一樣是病人？」

列維一時無措。肖恩和傑瑞也聽到了這邊的對話，都看向他們。肖恩完全愣住了，傑瑞倒是還有精神。他一下子爬起來，帶著驚訝走過來，慢慢接近萊爾德。

萊爾德背對著傑瑞和肖恩，聽到傑瑞的腳步聲時，他顫了顫，突然撲進面前的列維懷裡，還緊緊抱著他的腰。列維面色糾結了片刻，也輕輕回抱了他一下，並試圖安撫他，「怎麼了？怎麼突然這樣？」

「有聲音……有聲音……它來了……」萊爾德把臉埋在他胸前，聲音悶悶的。

傑瑞在他後面說：「萊爾德？是我啊，你怎麼了……你變回十歲了？不是吧？你是不是以為自己在精神病院？」

列維輕拍著萊爾德的背，瞪了傑瑞一眼。

傑瑞委屈地小聲嘟囔：「他叫你醫生，還說了回家的事，很明顯就是這樣嘛……」

「萊爾德，」列維輕聲說，「冷靜點，沒事，現在你很安全。你剛才想說什麼？什麼東西來了？」

萊爾德搖了搖頭，腦袋在列維胸前蹭來蹭去，列維發現自己的衣服上留下了些微水痕。

萊爾德仍然不放手，小聲抽泣著說：「我不想看了……可是我太痛了，控制不住……下次我不敢了，我想回家……我想回家……」

說著說著，他越哭越厲害，最後真的像小孩子一樣嚎啕大哭起來。列維被他抱得都有點缺氧了，畢竟這是個成年男子，又不是真的十歲小孩。

列維想了想，試著問：「你是看到了一扇門嗎？」

萊爾德的頭又蹭了蹭，好像是先點頭，又搖頭。

「沒有……沒有……它不是在門裡的，這次不是……以前不會這樣……」

「你說的那個『它』在哪？」列維問。

萊爾德抽泣的聲音小了點，似乎是在感受什麼。他顫抖著向側後方伸出手，指著倒在地上的艾希莉。列維嘆了口氣。如果萊爾德以為自己在精神病院，那他當然不知道這裡是「門」的內部。他感覺到的異常「生物」是艾希莉，而且這個「異常生物」並不是隔著門的，所以他才嚇成了這樣。

不過，這又帶來了另一個疑問……萊爾德到底怎麼了？怎麼會突然變成這樣？也許他當年真的瘋了，沒有得到妥當治療，現在這是後遺症爆發了？

列維學著大人安撫小孩的動作，摸了摸懷裡的金髮，柔聲說：「不用怕，沒事。你說的那個人不會傷害你的。」

至少現在不會，將來還不一定呢。列維在心裡說完了後半句。

也許是因為一直被擁抱著，萊爾德平靜了很多，身體漸漸放鬆下來。

「我想回去……」他小聲咕噥著，「帶我回去吧……好累啊……」

「好，我帶你回去，」列維說，「你現在在哪裡？」

「治療室啊，你不也在嗎……」萊爾德的聲音越來越小，似乎是思維開始渙散，「別告訴醫生……別告訴醫生我感覺到了……」

「醫生讓你做了什麼？」

這次萊爾德沒有好好回答，他哼哼了幾聲，眼睛慢慢瞇在一起，最終陷入沉睡。他睡得很沉，呼吸聲很明顯，像是勞累過度之後終於能休息了。

他的身體放鬆後，手臂終於不再緊抱列維了。列維蹲跪著，慢慢把他平放在地上，然後看向傑瑞，「你，去那邊看看情況。」

「哪邊？」傑瑞問。

列維朝著未知的起伏戈壁，指了一個方向，「等萊爾德醒了，我們往那邊走。你先去看看情況，不用走很遠，翻過那道坡，看看地形，更重要的是看看附近有沒有危險。你沿著比較高的岩石走，能及時隱蔽，以防萬一。」

傑瑞連連搖頭，「我不去，大家聚在一起比較安全！」

列維有點無奈，他對傑瑞憋了一肚子挖苦的話，又一時懶得說。在他試圖尋找最高效的措辭時，肖恩走了過來。

「我去吧。傑瑞靠不住。」他悶悶地說。

傑瑞立刻追到他身邊，「那我和你一起去！」

誰知，肖恩非但沒有接受，反而還更加不耐煩了，「不需要！你留下。你哥哥不對勁，艾希莉也受傷了，你得留下觀察她的情況。」

肖恩用微微泛起血絲的眼睛看了一眼列維，沒有對列維說什麼。

某種意義上，列維那幾槍確實救了艾希莉，把她從灰色獵人的身上弄了下來。但……這樣做太殘酷了，肖恩無法接受，又無從判斷怎麼做才能十全十美。

傑瑞回頭看了看艾希莉，低聲說：「可是……她也很不對勁啊……我不想一個人面對她……」

「那你究竟還能幹點什麼？」肖恩突然大吼，傑瑞隨之顫抖了一下。

「傑瑞，你聽著，」肖恩穩定了一下語氣，「要嘛，你去前面探路，要嘛，你留下來陪艾希莉。你是醒著的，你沒有發瘋，也沒有昏過去，你應該清楚地看到發生的一切了吧？想想羅伊，想想艾希莉現在的樣子……難道你什麼感覺也沒有嗎？你仍然覺得自己是最重要的小寶寶，所有人都得保護你嗎？」

傑瑞委屈地嚷道：「我沒有！你怎麼這樣說我？我膽子是小了點，因為我只是個普通人啊！我不是萊爾德那樣的驅魔人，也不是卡拉澤那樣的聯邦特務，我害怕！這很難理解嗎？」

「等等，誰是聯邦特務？」列維忍不住插話。

他和萊爾德談話時經常無視肖恩或傑瑞，現在傑瑞和肖恩也自然地無視了他。

肖恩看著傑瑞，搖頭道：「我們有誰不害怕呢……傑瑞，你能不能別這麼自私了。」

「我哪裡自私了？」傑瑞站近一步，仰頭瞪視肖恩。肖恩比他高很多，他這姿態不僅一點強硬感也沒有，反而還顯得他更加渺小。

肖恩說：「你一直都很自私。我們儘量幫你，而你從來不願意幫別人。」

「我是沒你們有本事，但我也沒有強行要求過什麼啊！」

「你很少考慮別人的心情，比如一直以來你對你哥哥的態度，這就是典型的例子。」

「他在五歲遇到意外的時候，我媽還沒遇上我爸，後來他被送到精神病院，那時我才一兩歲，這些難道都變成我的責任了？」

肖恩無力地嘆了口氣，「看，你就是這樣。還有呢，你打遊戲想連線時總是找我，哪怕是我不太喜歡的遊戲，我都會陪你，但你從來不看我的比賽，我請你你都不來。」

傑瑞反駁道：「我只是請你一起打遊戲，又沒有強迫你！再說了，我不喜歡籃球，喜歡的是足球，你又不是不知道！」

肖恩又說：「小時候，你的樂高丟了好多塊，我把我的送給你，你拼好了一個消防站，然後拿著照片到處炫耀，還專門來對我炫耀。」

「天哪，肖恩，這是我八歲還是九歲的事情？」傑瑞難以置信地看著他，「要是早知道你這麼在意，當年我肯定不拿你的！再說了，是你說自己已經長大了，不喜歡玩那個了！」

「我是為了說服自己，讓自己不覺得太可惜，但你一點也察覺不到，你只覺得一切都是理所當然的！」

傑瑞眼圈發紅，肖恩也越說越激動。列維在一邊聽得頭痛。他幾次想打斷都沒成功，只能眼睜睜看著他們不斷翻舊賬。

最後，列維站起來走到兩個孩子之間，「夠了。是我的錯，是我太輕率，不該提議讓你們去探路。傑瑞，你留下照顧你哥哥，肖恩盯著點艾希莉，我去前面看看。」

列維本想給他們留一把槍，後來想到未經訓練的人拿槍更危險，就改為留下了電擊器，並叮囑他們萬一有情況就大叫。

他繞過灌木叢後凸起的巨石，身影暫時消失。

列維離開後，兩個孩子稍微平靜了一點。傑瑞默默走到萊爾德身邊，盤腿坐下，肖恩坐在艾希莉附近的石頭上，不敢離她太近。

雖然剛吵過架，但傑瑞還是無法長時間保持沉默，「肖恩，你說……卡拉澤到底是不是聯邦特務？」

肖恩說：「剛才他自己說不是。」

「特務要對身分保密，」傑瑞說，「一開始他假裝是《深度探祕》的工作人員，裝得還挺像的，我看過很多節目花絮，他們製作組的人都是那副樣子。直到我們遇到怪物我才意識到，他肯定不是一般人。」

肖恩說：「我倒是早就覺得他奇怪了，從在你家的時候就有點懷疑。」

「為什麼？因為他用擒拿手法把你按在地上嗎？」

肖恩沒好氣地瞪傑瑞一眼，傑瑞面帶歉意地縮了縮肩膀。肖恩繼續說：「他目的性太強了。我感覺他根本不是在挖掘素材，而是早就盯上了關於『奇怪的門』的事件。甚至……根本不是你透過投稿聯繫到了他，而是他盯上了你。」

傑瑞問：「那你當時怎麼什麼也不說？」

「我只是覺得他怪，但並沒有覺得怪人等於壞人，」肖恩說，「也許比較瘋狂的電視人就是這樣的呢？倒是你，你為什麼覺得他是聯邦特務？」

傑瑞爬起來，坐到肖恩身邊去，「你不覺得嗎？我們到這地方之後，列維・卡拉澤整個人都變了，和之前的態度都不一樣了。他從前的客氣、熱情都是裝的，現在他總是一臉不耐煩。」

「這個我也感覺到了。」肖恩說。

「還有，他有槍，而且不只一支。」傑瑞說。

他並不知道，列維拿的槍是萊爾德的，萊爾德的槍才是不只一支。可惜他沒親眼見過萊爾德開槍。

肖恩說：「可是他給人的感覺一點也不像警察。」

「聯邦特務並不等於警察，」傑瑞說，「就像《X檔案》裡的莫德探員，他的工作並不是抓社會中的壞人。」

肖恩說：「我是說，列維・卡拉澤的氣質根本不像公務員。他身上有種讓人害怕的感覺……我不知道該怎麼形容。」

傑瑞想了想，「也對。這麼一想，他更像是SCP基金會的特務……」

「那是假的。」

「我知道，我是說他類似這種。」

「其實我還有一個疑惑，」肖恩朝萊爾德看了看，壓低聲音說完，「你說，卡拉澤為什麼不拍攝？」

傑瑞說：「他是假的電視人，也不是攝影師，他當然不拍攝。」

「不是……你的腦子怎麼這麼慢。我是說，不管他是聯邦特務也好，SCP基金會特務也好，哪怕是D級人員也好……總之，他是主動進來的，對吧？他和我們不一樣，我們是無意間進來的，他則是一直在找那扇門。他和萊爾德都是主動走進來的。」

「嗯，我知道。」傑瑞點點頭。

肖恩接著說：「如果他要找關於這裡的真相，他為什麼不拍攝呢？一般來說他們這種人不都會帶個攝影設備嗎？可以記錄下真實的畫面，拿回去也好交差。就算不能全程拍攝，也至少應該在休息時錄個影片日誌什麼的。不管是什麼機構的特務，他們探祕時不都會這麼幹嗎？」

傑瑞恍然大悟，「對啊！他搜集證據的觀念真差！還不如我！要是我的手機還有電就好了……等等，也許他確實拍攝了，用的是隱藏式鏡頭，藏在他的釦子裡，我們看不見。」

肖恩說：「那種設備拍不了這麼長的時間，如果像行車記錄器一樣隨時覆蓋前面的內容，那還有什麼意義？」

「也對……或許就是他粗心，沒帶設備。」傑瑞說。

肖恩說：「我認為，卡拉澤根本就不想帶回去任何影像資料。因為影像容易流傳，可以被任何人看到，而他並不想這樣。他並不是來探祕的，他是在找東西。」

「探祕和找東西有什麼區別？」傑瑞問。

「探祕者並不知道自己要找什麼，不知道眼前的東西到底有沒有價值。而卡拉澤不是這樣，他有目標。」

肖恩又一次停下來觀察附近的動靜，確認列維還沒回來，他小聲對傑瑞說：「如果我們真的出事了，他不會管我們的。」

傑瑞皺眉，「但你也說過，跟著他們比較安全。」

「是的，這是兩回事。跟著他確實安全些，他和你哥哥都有槍，而且他們對奇奇怪怪的事情也比較有經驗。他們會在有限的範圍內保護我們，但不會把保護我們當作非常重要的事情。傑瑞，你一定要記住，可以適當依靠他們，但不要過於信任他們。」

「他們……」傑瑞回頭看了一眼地上的萊爾德，「你是說，連萊爾德也不可以信任？」

肖恩說：「你真是蠢得要命。你那麼怕艾希莉，怎麼就不怕萊爾德了？他顯然也很不正常。」

傑瑞點了點頭，「好吧。我知道了。對了，肖恩，你跟我聊這些，是不是代表你已經不生我的氣了？」

他這麼問，肖恩反而故意板起臉，「我之前也沒有生氣，我只是客觀地陳述一些事實。」

傑瑞長嘆一口氣，望著灰濛濛的天，「真想快點回家……肖恩，我們會帶艾希莉一起回去的，對吧？」

「當然。」肖恩說。

「羅伊他……」

「先別說這個了，我暫時不想回憶剛才的事情……」肖恩手肘撐著膝蓋，托著額頭。

傑瑞咬了咬嘴唇，小聲說：「好的……肖恩，對不起。我知道我很蠢，總會讓人生氣。」

「我不是因為你蠢才生氣的。」

「你剛才還說你沒生氣！」

肖恩橫了他一眼。傑瑞連忙接著說：「下次我一定去看你的比賽。對了，你的生日在下半年，我記得你喜歡樂高城市系列是嗎？」

「不用考慮這個，我現在是真的沒在玩樂高了，」肖恩艱難地笑了一下，「你來不來看比賽都無所謂，反正你根本不明白規則，看也看不懂。」

「我看得懂！以前我不怎麼看，所以不感興趣，也許多看看就找到樂趣了！」

「好，那你來吧。」這次肖恩終於徹底笑了出來。

傑瑞剛想再說什麼，萊爾德翻了個身，發出一聲悠長的呻吟。傑瑞和肖恩看過去，只見萊爾德呈大字狀躺在地上，慢慢睜開了眼睛。

「萊爾德？」傑瑞起身走過去，「你醒啦？有什麼不舒服的地方嗎？」

萊爾德歪頭看著他，目光有些呆滯。

傑瑞故意細聲細氣地說話，用那種安撫小寶寶的語氣，「沒事啦，乖，不怕。剛才那個好心的叔叔馬上就回來啦……」

萊爾德擔憂地盯著傑瑞，「你沒事吧？幹嘛要這樣說話？什麼好心的叔叔？」

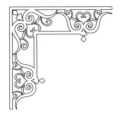

SEEK NO EVIL

CHAPTER THIRTEEN

【會合與追蹤】

傑瑞尷尬地清了清喉嚨，「看來你沒事了……」

「也不算特別沒事，我頭痛……」萊爾德緩緩爬起來，看了看四周，「現在是什麼情況，後來發生什麼事了？」

傑瑞問：「你還記得什麼？」

萊爾德說：「我看到獵人和羅伊都掉下去了……之後的事情我就想不起來了。」

傑瑞看向肖恩，肖恩連續眨眼三次。這是他們之間慣用的暗號，傑瑞讀懂了肖恩的意思，於是說：「那之後也沒發生什麼。就是……我們大家的狀態都不怎麼好，卡拉澤先生說要去看看前面的地形。」

萊爾德點點頭。肖恩問：「你覺得那個灰色的怪物死了嗎？」

「死了。」萊爾德肯定地說。

說出「死」這個詞的同時，萊爾德腦海中浮現出了矮個子黑衣中年人的模樣，而且是遍體鱗傷、血肉模糊的模樣。就像是他某次臨終時的樣子。萊爾德當然沒有真的見過這一幕。

而且，什麼叫「某次」臨終？我為什麼會想出「某次臨終」這樣古怪的句子……

萊爾德閉上眼，揉著自己的太陽穴。

肖恩面色凝重地低著頭，「那麼……是不是羅伊也沒有希望了……」

「是的，」萊爾德再次非常肯定地回答，「他們被它吃掉了。」

「它？你是說那些土嗎？」

「我不知它叫什麼，但它不是土。它是一個生物，不是一群，它是一個整體。」

肖恩和傑瑞又不安地對視了一眼，肖恩問：「它……它為什麼會藏在谷底？」

萊爾德說：「它不是在『藏』，它只是存在於這裡，存在於這個範圍。」萊爾德朝懸崖的方向比劃了一下，「這條峽谷就是被它慢慢塑造出來的。一點點，經年累月，就像風雕刻山石、水沖刷河床一樣。它一直在這裡……不知存在了多久，可能久到我們都無法想像。」

肖恩說：「但一開始它並沒有出現，我們剛下來的時候什麼也沒發生，羅伊和艾希莉也在這生活了好些天……」

萊爾德說：「其實它一直都在，只不過一直保持著靜默……這也很好理解，人類也不是時時刻刻在吃飯。」

「怪不得……」肖恩搓著手臂上的雞皮疙瘩，「怪不得灰樹林那邊的怪物不敢下去，因為它們知道那裡很危險……但後來灰色的怪物還是下去了，它就那麼想殺我們嗎？」

萊爾德想了想，緩緩搖頭，「他……它想追殺和它一樣的人。它不想讓他們離開。」

肖恩憂心地回頭看了看艾希莉。

萊爾德輕輕皺眉——它想阻止並殺掉的可不只艾希莉和羅伊。

肖恩又看向萊爾德，問：「你為什麼會知道？」

「知道什麼？」

「你剛才說的一切……」肖恩說，「包括峽谷下面那個東西，它的特徵什麼的，還有灰色怪物想殺誰之類的……你為什麼知道這些？」

對啊。我為什麼會知道？萊爾德也很想問自己為什麼。他無法回答。恢復清醒後，這些事就直接浮現在他的頭腦之中，好像原本就是他已知的一樣。也許是灰色獵人向他灌輸了它們，但他想不起來它是怎麼做的、何時做的。

萊爾德比較誠實地回答了肖恩，「我被那灰色的怪物抓住過，然後……不知怎麼回事，那時我感覺到了一些東西。你們見過我是如何感知『門』的，可能道理差不多吧。這些事情大概是灰色怪物所知道的，而我不知怎麼就感知到了它們。」

「怪物打你啦？」傑瑞問。

萊爾德故意含糊地說：「怪物不打我，難道還友好地和我跳舞嗎？」

其實這有點冤枉怪物了。它確實讓他很痛苦，但並沒對他使用直接的暴力。

「她怎麼樣了？」萊爾德從地上爬起來，去查看艾希莉的情況。

肖恩跟在他身邊，「她還昏迷著，呼吸很平穩，出血都止住了。」

萊爾德和艾希莉保持著一定距離，盯著她看了片刻，說：「我想……我們應該離開她。趁現在還有機會。」

「你說什麼？」肖恩和傑瑞異口同聲。

萊爾德看著懸崖邊的地面。艾希莉身上的傷口不再流血，但身體附近還殘留著少量尚未凝固的血液，把石地染成了黑色。

「你們看她受的傷，」萊爾德指向艾希莉身上的多處傷口，「穿刺傷，四隻手都沒了，腹部還有一道傷口……這裡的血幾乎都是她的。」

「所以為什麼我們反而應該離開她？」肖恩問。

「因為……」萊爾德盡可能語氣冷靜地說，「醒來之後，她會痛苦……而且還會很餓。」

肖恩和傑瑞打了個寒顫。

艾希莉講過她和羅伊的遭遇，他們的身體一開始是正常的，後來他們被紅色怪物襲擊，被灰色獵人帶走……他們在巨大的痛苦中飢不擇食，吃下血肉，成長為現在的樣子。

「不會吧……」傑瑞嘴上這樣說，其實已經下意識躲到了肖恩身後，「艾希莉認識我們，她和羅伊不一樣，她還有理智……」

「羅伊一開始也是。」萊爾德說。

肖恩稍微思考了一下，說：「我明白……我知道你說的情況有可能會發生。但我們不能就這麼放棄她……」

「離開她不等於放棄她。」萊爾德說。

肖恩皺著眉，下了很大的決心才說：「不，我的意思是，如果她真的會攻擊我們，那麼我支持放棄她。但現在我們還不能確定她究竟會怎樣，所以不能一走了之。萬一她能保持清醒呢？那麼我們完全可以帶她一起走啊。她失去了羅伊……我們應該陪著她的。」

身後不遠處傳來列維的聲音：「我認為肖恩說得對。」

列維回來了，而且神色挺放鬆，看來前方應該比較安全。

萊爾德感到一陣無力。他和列維早就討論過這個問題了，列維當然支持帶著艾希莉，就算艾希莉完全失去理智，只要條件允許，他肯定仍然支持帶著她。但這並不是出於關懷和友誼。

「你沒事了？」列維走過來，用探究的目光打量著萊爾德，「剛才你昏過去了，還記得嗎？」

「不怎麼記得。」萊爾德說。

列維丟下背包，從裡面掏出尼龍綁帶和手銬，「為防萬一，我覺得這些東西可以派上一點用場了。」

看到這些，傑瑞忍不住問：「你……從哪搞到手銬的？」

列維感嘆道：「你哥哥看到它的時候也問了我這個問題，一字不差。」

傑瑞更加驚恐，「什麼？你和萊爾德用它幹了什麼？」

「我們本來想用它抓另一個怪物……」當時他們是想抓羅伊，但列維決定不提起羅伊這個名字，「傑瑞，你年紀雖然小，腦子倒還挺靈活的啊……」

傑瑞連忙換上嚴肅的表情，「我發現有個很重要的問題……她還有手嗎？」

列維嘆氣：「她有腳。」

萊爾德走上前來，檢查了一下手銬和尼龍綁帶，「你確定這些東西有用嗎？她的力氣大得很，能背著你和你的背包爬懸崖。」

「困住摔角選手都沒問題，」列維邊說邊向艾希莉走去，「我明白，萬一她繼續『成長』，也許她的力氣會超出我們的想像。我認為，就算這些東西不能束縛住她，至少也能為我們爭取一點逃離的時間。」

萊爾德點點頭，跟著列維去幫忙。這事只能他幫忙，傑瑞不敢靠近，肖恩肯定不忍心靠近，兩個人站得遠遠的。

艾希莉的傷口不需要止血，這倒是少了很多擔憂。列維先把手銬扣在少女的腳踝上，又用尼龍綁帶把她的雙腿固定在一起，特別是關節部位。艾希莉的手臂殘缺不全，列維把她的黑紗裙稍微改了改結構，配合著另一段綁帶，弄了件有點簡單的拘束衣。

「真懷念，我以前經常見到這樣的東西。」萊爾德幫忙扶著艾希莉，嘖嘖感嘆道。

「你也被這樣綁過？」列維問。

萊爾德苦笑了一下，腦中浮現出剛剛憶起的畫面。他被帶到陌生的診療室，被綁在醫療床上，與院外專家和其學生見面……

「小時候被綁過，因為不聽話，」萊爾德說，「但沒被這麼嚴酷地綁過，我沒有暴力傷人的問題……列維，我看你挺熟練的，難道你以前幹過這個？」

「幹哪個？」列維疑惑道，「綁病人？怎麼可能，我只是見過而已。」

「你在哪見到的？」

「電影裡。」列維奇怪地看著他，「你為什麼突然對這個感興趣？」

「哦，也沒什麼……」萊爾德用手指梳了梳頭髮，「剛才看你這麼有行動力，你的形象與我記憶裡的某些人漸漸重合……」

列維笑了笑，「暴力護工嗎？」

萊爾德說：「嗯，算是吧。」他在心裡補充說：其實不暴力……那個實習生和他的老師都沒打過我，甚至從沒斥責過我。

但他們真可怕。

回憶起他們的時候，當時的痛苦就會重新沁入靈魂，雖然肉體上的疼痛不會回來，殘留的恐懼和絕望卻能重新復甦……

更奇怪的是，明明是這麼刻骨銘心、又這麼古怪的痛苦，我為什麼會把它忘掉？不，說忘掉也不對……它明明一直都在記憶裡，我隨時能想起來，但之前我就是不會去想……

說話間，他們已經把艾希莉綁好，最後再檢查一下，確保綁帶不鬆不緊。萊爾德看著列維，忽然發現，自己是第一次執著地觀察這個人的長相。

他當然記得列維的長相，尤其對此人板著臉不耐煩的表情印象深刻。但在今天之前，他從沒有仔細地盯著列維看過。其實大多數人都不會特別盯著某個人看。對很久不見的老同學也好，對天天見面的上司也罷，人們其實是靠記憶的積累來記住那些面孔的，而不是在短時間內專注且刻意地凝視他們。

萊爾德第一次與列維．卡拉澤合作時，列維的棕色短髮捲捲地貼在頭皮上，現在他的頭髮留長了很多，長度能在腦後綁出一束短短的小馬尾，大概這樣更方便扮演電視人或者自由藝術家。

他的長相其實挺柔和，濃眉微彎，棕髮綠眼。眼睛在某些光線下更像是棕色，偶爾才能看出綠。眼形深邃但不顯鋒利，鼻子比較高，但配合嘴唇的形狀來看又挺協調。

怪不得他能贏得傑瑞的信任，假裝派對攝影師的時候也不會嚇到小朋友，因為他長得本來就不凶……再穿件攝影背心，還挺適合假扮那些職業的。

從前萊爾德沒有這樣想過，是因為他比較熟悉列維自然狀態下的表情，尤其是「非常不耐煩又要假裝冷靜」的表情。每次「偶遇」時列維都是那副樣子。

那個實習生不是這樣。那人不會露出不耐煩的表情，也不會用嫌棄的眼神看人。他看著「老師」的時候基本上面無表情，像個機器人一樣，當他獨自一人的時候，他的神色就會鮮活起來。

萊爾德想起打雪仗的時候。十一歲的萊爾德能分辨出大人的不同態度，什麼是真切的交流，什麼是高高在上的敷衍。總之，一開始實習生是在敷衍小孩，但隨著雪越下越大，頭髮上的雪片越來越多，他竟然認真了起來，開始在雪地裡追求真正的勝利。

年少的萊爾德輸得一塌糊塗，不甘心地在雪地上打滾，實習生指著他笑，簡直幼稚得像萊爾德的同齡人。

結著冰晶的棕色短髮，柔和的眉眼，棕中帶綠的瞳色，呼著寒氣哈哈大笑的嘴巴……現在閉上眼，萊爾德還能隱約描摹出那個幼稚鬼的樣子。

想來也奇怪，那時他輸了，卻仍然很開心。

那段日子奇怪的事情太多了。

比如，他期待見到專家和實習生，又害怕參與他們的診療；他前一秒還尖叫著詛咒他們，下一秒又期待和「新朋友」見面；他每天都像發瘋一樣地畏懼著什麼，然後又像忘記夢境一樣把它迅速忘掉……

「萊爾德？」

列維叫了他一聲，萊爾德沒反應，列維又推了一下他的肩膀，他這才突然從回憶中清醒過來。

「什麼？」萊爾德看看列維，又看看艾希莉。

列維問：「你怎麼了？剛才你突然安靜下來，一動也不動，眼神都呆滯了。」

萊爾德搖了搖頭，伸展幾下手臂，「接下來怎麼辦？我們是不是要把她抱到什麼地方去……」

列維依然疑惑地看著他，但還是回答了他的問題，「是的，我們帶著她往前走一點。我在前面發現了一樣東西，你們肯定會很吃驚。」

「什麼東西？別賣關子，提前劇透一下！」

「一輛車。」

繞過幾塊岩石，前方是起伏不平的戈壁，土丘旁停著一輛白色的五門小客車，車子看上去還挺新的，只是有點髒。

「太好了！」傑瑞大叫一聲。

肖恩卻沒這麼樂觀，「不要高興得太早。這真的是車嗎？萬一其實它是別的什麼，只是在我們眼睛裡表現成車的樣子呢？」

列維抱著艾希莉走過來，把她放在附近一處斜坡上，然後走向車子。

他站在車尾處，拍了拍後車箱門，有點小得意地說：「我覺得它應該是真的車。你們過來看看。」

另外三人湊過去，站在列維身後。列維一把掀開後車箱。

「我的天……」看到裡面的東西後，肖恩不禁感嘆，「這肯定是真的車。我們幾個應該不會同時想像出這些吧……」

後車箱裡最引人注目的東西是一把消防用大尖斧，斧頭上還殘留著黑紅色的痕跡，尚未形成鏽斑，應該是不久前留下的。斧頭旁邊還有鋁製球棒、工兵鏟，以及挺大一盒像是火藥或子彈的東西。

「霰彈槍彈藥。」列維指了指它。

靠著彈藥盒的是一個有微波爐那麼大的盒子，上面裹著粉白相間的包裝紙，奶黃色緞帶，緞帶上別著一頂紙皇冠。角落裡躺著一雙紅底高跟鞋，旁邊塞著遭到折壓破損的暗金色紙盒和提袋。除了這些東西，就是所有汽車後車箱裡都很常見的物品了，水箱冷卻液、抹布、小水桶什麼的。

萊爾德看向列維，「是你把後車箱撬開的，還是它本來就是打開的？」

列維坦認道：「我撬的。」

「你還會偷車？」

「算是會……」

聽他這麼說，傑瑞興奮起來，「是那種嗎！電視劇裡那種，從方向盤下面找到兩條小電線，啪啪一點火……」

列維點點頭。

「能教我嗎？」

「不能。」

「為什麼！」

「我不想教小孩違法。」

他們說話時，萊爾德盯著後車箱裡的東西琢磨了片刻，又彎腰看了看車內。他皺眉說：「你們不覺得有什麼不對勁嗎……」

「哪裡不對勁？」列維問。

萊爾德對後車箱比劃了一下，「有子彈，沒槍。車裡面也沒有。也就是說，車主離開時是帶著槍的。而且她只拿了槍，沒帶別的東西，尖斧或者鏟子都是很好的工具，她卻不帶走。」

「她？」列維問，「你已經知道車主是女人了？」

萊爾德指了指那雙高跟鞋。他繼續說：「還有，她把汽車鑰匙拔走了，說明她是主動停車的。她應該沒走遠，只是在附近徘徊，如果她回來了，並且看到我們在撬她的車，她應該會非常生氣。」

「別動。」

萊爾德話音剛落，一個聲音突然出現在他們背後，確實是女人的嗓音。緊接著，是槍械上膛的聲音。

傑瑞想回頭看，那聲音立刻說：「不准回頭。把手放在我看得見的地方。」

「傑瑞，聽她的，別動，」萊爾德立刻說，「你肯定不想在身上留下一堆小窟窿。」

那聲音沒有馬上接話，好像是因為什麼猶豫了一下。

然後她指示道：「金髮，穿黑衣服的那個，你轉過來，慢一點。」

她指的顯然是萊爾德。萊爾德服從了指示，慢慢轉身，然後吃驚地「咦」了一聲。

他下意識想上前，面前的女性立刻吼道：「不准動！我只說了轉過來！沒讓你做別的動作！」

萊爾德維持著原來的姿勢，「瑟西？是妳？」

聽他這麼說，列維也暗暗吃了一驚。他一直在思考有什麼辦法讓來者放下槍，但根本沒聽出這人是瑟西——如果萊爾德沒認錯人的話。

雖然能聽出是女性，但這聲音十分粗礪嘶啞，簡直像是在滲血的喉嚨上又撒了一把沙子。列維與萊爾德不久前還和瑟西聊過，她的嗓音本來不是這樣。

但這人確實是瑟西。萊爾德確實沒認錯。

瑟西頭髮凌亂，臉上殘留著灰塵和血汙，身上的黃色針織衫已經變成了棕色。她舉著一把雙管霰彈槍，雙眼充血，目光凶狠，猛一看去真的挺嚇人。

瑟西第一個認出的是萊爾德。他的衣著太好認了，一身黑長袍，帶著個銀色手提箱……雖然現在它多了條背帶，變得不倫不類。聽到萊爾德說話時，瑟西更覺得耳熟，所以才叫他轉過身來。

「你真的是萊爾德．凱茨？」瑟西板著臉。

「是啊，」萊爾德說，「那邊那位是列維．卡拉澤，妳還記得他嗎？和我在一起的那個人，那個派對攝影師，他的隨身碟裡還有好多妳女兒的照片呢！」

傑瑞忍不住小聲說：「最後那句話好變態啊，你確定她聽到後不會更想打死你們嗎……」

瑟西猶豫了一下，沒有放下槍，「我無法相信你們是真的。」

萊爾德說：「瑟西，這世界是真的，不是夢，不是幻覺，妳看到的就是真的。瑟西，我和列維是二十五日下午遇到『門』並且走進來的，妳呢？」

瑟西恍惚了一下，「二十五日是……」

「星期一，生日派對的第二天。」

「我……是的，我也是在那天……」瑟西的手微微發抖，「那個……那個東西也是真的嗎……它是真的嗎，它……」

「妳看見什麼了？」萊爾德問，「是不是看見了沒有皮的怪物，或者一直想抓米莎的那個怪物？」

聽到米莎的名字，瑟西倒吸一口涼氣，後退幾步，槍口垂了下來。

「我在找米莎……」說這句話的時候，瑟西的語氣反而很平靜，「你們有沒有見到她？」

萊爾德與列維對視一眼。不用他們回答，瑟西已經從他們的表情看到了答案。

她搖了搖頭，終於收起了槍。

「好了，我明白你們是真的了，」她苦笑著說，「那種東西是不會和我順暢地對話的。」

「哪種東西？」萊爾德問。

他們四個人一路上也見到了不少怪物，但從瑟西的態度來看，她似乎經歷了某種截然不同的遭遇。

瑟西走過來，關上了後車箱，靠在上面。

「我把車開進了一條隧道……」她目光恍惚地看著腳下的地面，「我昏過去了。醒來之後，米莎不見了……我到處找她，然後我看到……」

她哽咽了一下，說：「我看到了安琪拉……」

「安琪拉？」萊爾德也吃了一驚，「她並沒有進來啊，她的屍體在醫院……」

瑟西點點頭，「我明白。我只是『看到』了她，但那不是她。」

瑟西醒過來的時候，米莎已經不見了。她發瘋地哭喊了幾分鐘，才終於冷靜下來，試著判斷眼前的情況。

昏倒之前，周圍一片黑暗，有什麼東西撞上了車子右側。現在黑暗褪去，她的車子竟然停在紅櫟療養院所在的山腳下。

安琪拉從小路上走下來，站在最後一級臺階上看著她。

瑟西的第一反應是：難道這裡是死後世界？

正當她猶豫著要不要與安琪拉說話時，又一個安琪拉從山上走了下來。接著是樹林裡、小路旁、停車場的收費亭裡、另一輛車的底盤下……一個又一個「安琪拉」出現在瑟西面前，每個安琪拉的模樣都有些不同，有些年輕，有些病弱衰老，就像是瑟西記憶中的母親按照不同時期分裂成了實體。

即使是母親的模樣，這一幕也實在太過詭異。瑟西嚇得躲進車子，鎖好車門，那些「安琪拉」漸漸圍攏過來，手和臉貼在車門上，用指甲輕輕刮著車窗，嘴唇微微蠕動著，念著此起彼伏的不明音節。

瑟西能察覺到這是幻覺，是因為她留意到，在車子的正前方，其中一個「安琪拉」有著棕紅色的頭髮。

那個安琪拉只有十幾歲，穿著白裙子，長髮綁成兩條麻花辮，臉上妝容非常厚重濃豔，頭髮是一種浮於表面的棕紅色，非常不自然。

瑟西一眼就認出來，這是安琪拉年輕時的照片。她根本沒有見過十幾歲時的母親，但見過這張經過修片填色的老照片。那個年代還沒有電子後期處理技術，人們會對一些黑白相片進行手工填色和修正，安琪拉是黑髮，也沒有畫過這樣的妝，照片效果是手工修改出來的。

也就是說，這根本不是安琪拉，只是瑟西見過的「安琪拉」。

瑟西發動車子，不管不顧地衝了出去。

人群被衝散開，像風沙一樣消失在四周，連周圍的景物也隨之散去，就像是她駕車撕開了一塊布幕，布幕的碎片飄遠後，露出了本來的世界。瑟西開出去幾百米，慢慢鬆開油門，如果她真的在療養院外，現在她應該已經衝下山路了，但並沒有。

她停在一片從未見過的戈壁上，天色明亮卻灰暗，地面是堅硬的岩石，周圍有無數嶙峋的石柱伸向天空。

瑟西剛想開車門，又立刻縮回了手。幾步遠的地方，有根「石柱」動了一下。

接著，另一側的石柱也動了，一共有四根石柱在車子周圍不停挪動，就像巨大昆蟲的腳一樣。

瑟西鼓足勇氣往前開了一段，石柱沒有跟上來。瑟西慢慢地回頭，拉開一段距離後，她終於看清那東西了。

但即使看清了，她仍然不知道那究竟是什麼。

它四足著地，四隻腳的顏色與周圍真正的石柱十分相似，但細看之下質地不同，而且比石柱稍細，也沒有那麼高聳。它的身體與地面平行，比車頂略微高一點點，能夠正好把汽車攏在身下。它的軀幹有一點人類的輪廓，能看出胸廓和胯骨，但分不出上方或下方哪邊是前胸。它的頭長在最高處，也就是背部（或腹部）的中間。由於角度受限，瑟西看不清它的面部，卻依稀覺得它在看自己。

在這種無比詭異的關頭，瑟西反而十分安靜，完全忘記了叫喊或哭泣。

那個生物動了一下，向她移動兩步。瑟西向前開了一段，怪物又跟了兩步。

一種極為怪異的感覺襲上瑟西心頭——它好熟悉。

沒有原因，但瑟西就是產生了這種感覺。它好熟悉，我認識它。

但是，我認識它，並不等於它認識我……瑟西在對它感到熟悉的同時，也從它身上感覺到了強烈的不安和敵意。

瑟西小時候生活在南美某國，住在一個挺混亂的社區裡。那時候，她曾經多次有過類似的直覺，某樣人或事物對她而言確實很熟悉，但也很危險。

和過去不同的是，現在的她可不僅僅是頭皮發麻而已，她全身都被冷汗浸透了。

她立刻踩下油門，憑直覺找了個方向，以盡可能快的速度逃離身後的不明物。她熟練地駕車在石筍群中穿梭，不顧這種速度帶來的危險。漸漸地，她開到了較為空曠的地方，地面有了些小小的坡度，露出遠處的丘陵戈壁。

石柱群被甩在身後，不明生物也沒有再出現。她終於放慢速度，停了下來。

她回憶起那熟悉而危險的感覺，又聯想起剛才的幻象……她不敢深想下去，終於趴在方向盤上大哭起來。

不知不覺間，瑟西靠著車尾坐在了地上。遇到這些人後，她多少放鬆了一點點。

「這幾天，我想找米莎，又不知從何找起……還遇上了好多奇怪的事……我不想細說了，你們可以自己想像。」

從她的樣子以及後車箱裡斧頭上的血痕來看，她當然又遇到了很多事。

一旁的傑瑞看看她，又看看別人，憋了很久，終於還是憋不住了，「比如……什麼奇怪的的事？」

「我不知道怎麼形容，也不想詳細回憶……」瑟西嘆氣，「我看你們的模樣也很狼狽，你按照自己的經歷推測一下吧。」

傑瑞看了看她手裡的槍，「女士，妳是萊爾德的朋友嗎？妳是……獵人嗎？」

瑟西不解地看了他一眼，他面帶崇敬地說：「我不是說獵野兔或者抓鱷魚的那種獵人，我是說類似那種……」他朝列維和萊爾德比劃了一下，「特務、驅魔人、獵人……這種。」

瑟西轉頭看向萊爾德，「這個蠢孩子是誰？」

萊爾德說：「這是傑瑞．凱茨，我弟弟。」說完，他又順便向瑟西介紹了一下肖恩，肖恩小心翼翼地對她點了點頭。

瑟西站起來，拍了拍後車箱，「你們被我車裡的東西嚇到了吧。這臺車平時是我丈夫在開，我很少用。尼克是個很有危機意識的人，從前我還總說他準備這麼多武器也太奇怪了，沒想到，現在倒是給了我一份驚喜……」

說到這，她忽然一手捂住眼睛，聲音有些嗚咽，「其實不只一份驚喜……你們肯定看到了，那雙鞋，還有那個粉色盒子……我的生日在下個月初，在準備米莎的生日禮物時，尼克和米莎也偷偷準備了要給我的禮物……我找子彈的時候，順便拆開了尼克的禮物，是我早就想要的鞋子，但我沒有拆開米莎的禮物……」

說著，她抹乾眼淚，露出一個疲憊的微笑，「我想先找到米莎，當著她的面拆開。如果我偷偷拆了盒子，她可能會生氣的。」

她這副樣子，讓一貫話多的傑瑞也自覺地閉上了嘴。萊爾德想了半天安慰的話，剛要開口，列維卻搶在了前面。

「特拉多女士，我們在找『伊蓮娜』。是她帶走了米莎，對吧？」

瑟西望向他，「你知道該去哪找嗎？」

列維低頭，他手裡拿著萊爾德給的追蹤終端機。終端機上顯示出三個標幟，一個代表終端機所在位置，另一個就在他旁邊，是注射過藥劑的萊爾德；還有一個，需要把顯示幕縮放到很小的比例尺，再按照指示位置拖曳地圖，才能看到它的位置。

「之前距離過遠，超出了範圍，我還以為跟丟了……但就在剛才，我們又能看見她了。」

萊爾德驚訝地把終端機搶過來細看，傑瑞和肖恩也好奇地湊在旁邊。倒是瑟西反而不那麼激動，她只關心結果，根本懶得問那東西是什麼。

「那我們還等什麼？」瑟西走向駕駛座，招呼列維過去，「你負責指路。」

「好的。但還有個小問題，現在我們一共有六個人了，車裡的空間不夠……」

「六個？」瑟西疑惑道，「不就你們四個和我，還有誰？」

四人一起回頭，望向不遠處的斜坡。

不知什麼時候，躺在那裡的艾希莉不見了。地上只剩下並未損壞的手銬，鬆開的尼龍綁帶，和破碎不全的黑紗裙。

二○○一年十二月四日，凌晨兩點整。

萊爾德從病床上爬起來，聆聽了片刻外面的動靜。確保附近無人巡視後，他從被窩邊角伸出手，伸進毛絨拖鞋裡取出圓珠筆芯，又縮在被子裡等了一下，才躡手躡腳下了床，來到窗邊，從衣服裡摸出巴掌大的小便籤本。

今天的月光很亮，雖然要靠這點亮光寫字還是艱難了些，姑且也能將就。

萊爾德剛剛寫下「親愛的日記」，病房角落裡傳來聲音：「你在幹什麼？」

萊爾德嚇得連忙站直身體，把便籤本和圓珠筆芯藏在身後。

「吱呀」一聲，角落裡的人從折疊躺椅上起身，趿著鞋子向他走來，走進窗口的月光中。

看到是他，萊爾德大大地鬆了一口氣。他比所有醫生護士都年輕，只比萊爾德的年齡大。幾個月前，他跟著一位院外專家來到蓋拉湖精神病院，並且暫時住在了醫生宿舍裡。對於「學者助手」這一身分來說，他實在是過於年輕了，但萊爾德才十一歲，他還不懂這些常識。

認識這人有幾個月了，萊爾德卻一直不知道他叫什麼名字。萊爾德問過他，他說醫生叮囑過，不許把名字告訴病人，他不敢違背。萊爾德稱呼任何人都是「醫生」或

「護理師」，而這個人不是醫生也不是護理師，所以萊爾德稱他為「實習生」，他就這麼接受了。

「是你啊……」萊爾德跌坐在床邊，「你怎麼會在這？」

實習生說：「老師讓我來的。這幾天你在參與新療法，老師怕你有什麼狀況，讓我多觀察。」

「他讓你做護工的工作？」

實習生在萊爾德身邊坐下，拍了拍他的腦袋，「這不是護工的工作。你是很重要的病人，要特殊對待。」

萊爾德想了想，「特殊的病人？這到底是好還是不好？是因為我病得太怪異，太難治了，所以才特殊嗎？」

實習生說：「我沒法回答你，這都是老師交代的。你剛才在幹什麼？」

「寫日記。」萊爾德晃了晃手裡的小本子。

偷偷做什麼的時候，他從不瞞著實習生，因為實習生從不干涉他，甚至還有點放任他。上次萊爾德偷藏筆芯被實習生發現，實習生不但沒揭穿他，還幫他「偷渡」其他小零食和文具，就這樣，實習生取得了萊爾德的信任。

「你為什麼不開燈？」實習生問。

萊爾德說：「我怕被發現。雖然醫生沒說不允許我寫日記，但我的筆和日記本是偷偷帶來的。如果醫生發現我有筆，肯定會沒收。」

「這棟樓夜巡不嚴。」實習生說。

自從接受院外專家的診療，萊爾德被暫時轉移到主病房樓後面的矮樓，這邊幾乎沒有夜巡護理師。萊爾德沒怎麼去看過別的病房，也不知這裡的病人多不多。

萊爾德說：「我習慣偷偷摸摸了。就算夜巡不嚴，也難保萬一被發現。唉……我得表現得好一點才能早點回家。」

實習生頗認同地點點頭，完全沒有指出「表現好」和「治好病」的區別。他這方面和別的醫生護理師不一樣，所以萊爾德比較願意和他說話。

「你先用這個，」實習生從褲袋裡掏出一隻細細的手電筒，「你可以先藏著它，藏好點。」

萊爾德開心地接過來，把手電筒豎在臉下面打開。他想照出恐怖片效果的臉，但角度不對，光都被下顎擋住了，實習生告訴他不是這樣，然後拿過手電筒親自示範了一下，萊爾德很配合地做出驚恐的姿勢，又不敢大聲嚷嚷，臉上一直掛著開心的笑容。

「你不是要寫日記嗎，怎麼玩起來了？」實習生把手電筒塞給他，「這麼晚了，你不睏嗎？」

「要是你睏了，你就去睡吧，不用管我。」萊爾德終於想起做正事。他趴下來，一手打手電筒，一手拿筆芯，在小小的本子上寫上盡可能細小的字。

他寫的時候並不避開實習生。在手電筒集中的光束中，實習生能夠看到他寫的內容。其實他也沒寫什麼要緊的東西，大概就是今天做了什麼樣的治療，感覺如何，吃了什麼之類的。

「你為什麼要寫日記？」實習生問。

萊爾德停下筆，把腦袋枕在手臂上。

「怎麼說呢，我就是想記下來，」他說，「你還記得嗎？我和你說過，我其實一直覺得自己沒有生病。」

「記得。但接下來你又說了一句，『恐怕這裡也有別的病人這麼認為』。」

「但最近我不這麼想了，」萊爾德說，「大概我確實有點問題……我多少能意識到了。」

「哦？怎麼了？」

「我說不清楚，」萊爾德嘆了口氣，「醫生說我的幻覺越來越嚴重，我也感覺到了。」

「你從前說那不是幻覺。」

萊爾德爬起來，嚴肅地看著實習生，「我說的不是同件事。你看過我的病例，知道我以前的情況，對吧？我現在說的是新的幻覺，不是以前那些。至於以前的……我現在仍然很確定，我過去的經歷是真的，不是幻覺……這段話千萬別告訴任何醫生，你的老師也不行。」

實習生鄭重地點頭，「放心吧，我答應過你。我記得。那你的新幻覺又是什麼？」

「比如……」萊爾德的目光漸漸從實習生臉上移開，「比如，我又回到了那個地方……我看見我媽媽，想抓住她，但抓不住。這樣的事情重複了一次又一次，我想看清楚她到底在什麼樣的地方，並且覺得自己看見了，也記住了，可等我清醒之後，就一點也想不起來了……醒了之後，我知道我在診療室裡，我並沒有回去。這一點我能確定。」

不知不覺地，萊爾德從盤腿而坐變成了縮作一團的姿勢。

「我就是……有點害怕，怕將來情況越來越嚴重……萬一我真的瘋了怎麼辦？所以我想寫寫日記，能記下點什麼就多記下點。將來我爸爸來看我的時候，萬一我完全瘋了，那時至少他可以看我的日記……」

實習生看著他，沉默了片刻，問：「這情況，你打算怎麼辦？」

「什麼怎麼辦？」

「你想把這些話告訴醫生嗎？就是你剛才說的這些，不包括舊的，只包括新的幻覺。你想告訴醫生，還是想保密？」

萊爾德咬了咬嘴唇，「能幫我保密嗎……」

「好吧，那我就不說了。等你被問診的時候，如果你想說，你再親自和醫生說。」

「謝謝你……」萊爾德低下頭。

實習生笑著摸了摸他的腦袋，還揉了揉頭髮。

其實萊爾德一直很想說：拍腦袋像是老祖父對幾歲幼兒做的事，你和我都不符合年齡。還有，你下手太重，還推我的頭，說不定哪天我會被你拍得腦震盪。你就不要模仿大人了，你一點都不慈祥，動作那麼粗暴，像在拍狗一樣，還是拍大型犬……

但萊爾德沒說出來過。不是因為害怕，也不是因為想討好實習生，而是因為……被揉腦袋的煩惱，算是現在最小的煩惱，而他幾乎有些樂在其中。

這類小煩惱，就比如在學校弄壞了一次美勞作業、午飯的某樣菜太難吃、同齡人的小團體裡有人傳出什麼幼稚的閒話……從前，在他認為能算得上比較幸福的那些日子裡，這些細小瑣碎的煩惱充斥了他的每一天，即使都是無聊的破事，也讓現在的他無比懷念。

所以，每次被揉亂頭髮的時候，萊爾德要嘛隨便嘟囔一句，要嘛做個鬼臉，並不是非常抗拒。這樣一來，他就會覺得自己短暫地回到了從前的生活，他只是偶爾被一個高年級的男生小小地欺負了一下。

他可以假裝自己不是在醫院，而是在學校，享受著苦樂參半的日子，享受著無傷大雅的煩惱。

實習生打了個哈欠，回到角落的躺椅上去了。他叮囑萊爾德也快點睡，萊爾德十分聽話地收拾好了該藏的東西，躺好拉上被子，說了聲晚安。

萊爾德閉上眼，躺了良久，仔細分辨著房間裡細微的聲音。在大病房的時候，室友睡著之後的呼吸聲很重，而實習生非常安靜，也不知是他本來就如此，還是他根本還沒睡著。

萊爾德又睜開眼，注視著黑暗的天花板。在剛才的交談中，其實他隱瞞了一部分。

他的幻覺不只說出來的那些。

在接受診療之後，他還會看到別的東西。不是精神萎靡時的夢境，不是回到五歲的幻覺，而是他在清醒之後短暫地看到的、真真正正出現在診室裡的……別的東西。

這樣的情況已經出現好幾次了，每次差不多都是這樣的發展順序：

萊爾德恍惚地睜開眼，清晰地記得自己經歷了很多，然後在下個瞬間，就又把它們全部忘掉了。他能清楚記得的，只是一個「我似乎經歷了什麼」的念頭。

雖然不記得畫面，他卻記得一種無法形容的痛苦。全身上下哪裡都痛，痛到想讓自己馬上消失……但在思維重新聚焦後，身上又殘留不下任何感覺，好像痛苦也只是在夢裡發生的。

醫生說，健康的人身上也有這種情況，比如在夢境中被毆打，甚至受到刀刺或槍擊，夢裡的我們並不會認為「哈哈太好了一點也不痛」，而是會感到真實的痛苦，並因此十分恐懼。等到我們從夢中驚醒，我們的肉體並無不適，清晰的痛苦只殘留在精神上，然後隨著徹底清醒而消散，而且消散得非常快。

醫生說萊爾德的感受並不特殊，但因為他的疾病，他的痛苦被放大了，他需要藥物和其他療法的幫助……

萊爾德總覺得不是這麼回事。因為，在醒來後，其實一切並未結束。

他還能在診室裡看到一個怪物。

第一次看到它的時候，萊爾德只顧著掙扎慘叫，連思考的餘地都沒有。怪物站在診療床邊，堅硬的利爪按著他的肩頸，離他越來越近。萊爾德緊閉雙眼再睜開，幾秒後，他漸漸平靜下來，怪物消失了。

按住他的並不是怪物，是實習生。

這樣的事情發生第二次的時候，萊爾德就覺得必須保密。只是出於直覺，他不想把這個幻覺告訴醫生。

萊爾德在診療中本來就會恐慌發作，所以醫生一直以為他的反應是之前症狀的延續。

其實不僅是「院外專家」在觀察萊爾德，萊爾德也在觀察他們，特別是「正常」時的實習生。從實習生的眼神中，萊爾德能夠確定，他不知道……他不知道那個怪物每次都會降臨在他身上。

萊爾德不太能完全回憶起怪物真正的模樣，因為每一次面對它，他都會失去自控能力，只能大哭著慘叫。

即使在接受診療前做過心理準備也沒用，即使知道是幻覺，即使知道實際上那是誰，他也仍然會害怕得幾乎發瘋，恐懼磨蝕了他的認知能力。

它像惡夢一樣黑暗，像死亡一樣可怖。

「萊爾德，醒醒！」

萊爾德哼了一聲，沒動。發出聲音的人毫不客氣地猛拍一下他的頭，他這才被驚醒。

車子行駛在空曠的戈壁上。油表顯示汽油不多了，大概撐不到目的座標，但總歸是能節省些體力。

「伊蓮娜」一直在移動，最近暫時停了下來。終端機上不僅有她，還有代表萊爾德的標幟，正好可以幫他們辨識方向。列維開著車，萊爾德坐在副駕駛座，後面擠著傑瑞、肖恩和瑟西三人。

大概因為車內輕微顛簸，外面景色單調，再加上暫時的放鬆，那三人已經睡著了。萊爾德瞇著眼睛，邊揉腦袋邊抱怨：「叫我就叫我，幹嘛下手這麼重……」

「你說夢話了，我怕你吵醒他們三個。」

「我們現在說話就不會吵醒他們？」

列維看了一眼後照鏡，「反正他們沒醒。」

萊爾德嘆了口氣，「我說什麼夢話了？」

列維說：「聽不清楚，你咿咿嗚嗚的……你在幹什麼？我下手真的那麼重嗎？」

「什麼？我幹什麼了？」

「你幹嗎一直用手捂著頭？」

經他一說，萊爾德才意識到自己的動作。他用左手按在額角，微微遮擋著視線，讓自己的餘光無法瞥到駕駛座上的人。

萊爾德稍微放空了片刻，慢慢放下手，一點一點控制視線，終於看清了列維的側臉。列維把頭髮重新綁了一下，捲著襯衫袖子，單手扶著方向盤，在車內昏暗的光線下，他的眼睛更像棕色，而不是綠色……總而言之，是列維．卡拉澤沒錯。

萊爾德舒了一口氣，緩緩說：「列維，單手開車會帶來許多安全隱患，比如……」

「我真不該叫醒你。」

SEEK NO EVIL

CHAPTER FOURTEEN

【重逢之喜】

列維說：「對了，你打開地圖，我是說真正的地圖。對比一下我們走的路線。」

萊爾德拿起擺在儀表板上的終端機，依言調出地圖，與現在的行進路線進行對比。如果把這裡的位置與距離套入現實中，他們是在靠近聖卡德市西南的地方遇到了瑟西，現在直接略過了聖卡德市，正在向西北方向行駛。

「有趣，」萊爾德挑起眉毛，「如果我們在外面，現在我們在馬里蘭州，靠近巴爾的摩。真奇妙，如果是在外面，我們現在走的根本就不是路。」

列維說：「現在我們走的也不能算是路。你再去看一下安琪拉留下的那張『地圖』，看看有沒有什麼眼熟的東西。」

「沒有。我看過不知多少次了。也許是她畫得太簡略，就算真有重要資訊，我們也辨識不出到底是什麼。」雖然這麼說，萊爾德還是打開了竟然還有電的手機，點開之前拍下來的照片，「你為什麼突然想起這張圖？」

「你們都睡著了，我才能靜下心想一些事……」列維說，「你知道辛朋鎮吧？」

萊爾德沒有馬上回答。列維在心中竊笑，這個小騙子猶豫了，從前他假裝關注費城實驗，實際上絕對是在偷偷調查辛朋鎮，現在列維突然提起這地名，他沒做準備，不知道該承認還是該繼續裝傻。

列維主動接著說：「現在的地圖上根本不標示辛朋鎮的位置，其實它就在馬里蘭州西部。」

「真的?你能確定嗎?」萊爾德驚訝道。

「你竟然不問我『辛朋鎮是什麼地方』或者『為什麼地圖上不標它』。」

「這已經不重要了。」萊爾德又檢查了一下追蹤終端機,「按照現實中的地圖來看,伊蓮娜現在就在那附近,暫時沒有移動。這只是巧合嗎?」

「誰知道呢?」

萊爾德問:「那你提起安琪拉畫的地圖又是什麼意思?你覺得她畫的是辛朋鎮?」

列維說:「雖然不能確定她畫的是什麼,但看著確實有點像個小鎮或者社區的地圖。她畫過類似道路的路線,類似房屋的小方塊什麼的。你看,瑟西是從聖卡德市進入這裡的,她看到的是戈壁;當年安琪拉也是在聖卡德市進入『門』的,為什麼她就看到了類似城鎮的結構?」

萊爾德說:「也許就像艾希莉和羅伊看到的情況一樣,他們最開始也看到了類似松鼠鎮的街道,但那些只是假象。」

「也許是,也許還有別的原因,」列維說,「安琪拉的情況非常特殊。大部分走進『門』裡的人都永遠失蹤了,少數能回來的,比如你,也起碼用了幾天的時間。而安琪拉，她在一天之內就回來了，並且她還有可能見過『伊蓮娜』，說不定這些事情之間是有聯繫的。」

「我並不太明白……」萊爾德說，「辛朋鎮事件都過去三十多年了，為什麼你會覺得安琪拉和辛朋鎮有牽連？伊蓮娜和那地方又是什麼關係？」

列維這才意識到，對他來說，他會從現實地圖想到辛朋鎮，從辛朋鎮想到伊蓮娜，從伊蓮娜想到米莎和安琪拉，再從安琪拉畫的圖反過去聯想辛朋鎮……這是一串很順暢的猜測，因為他知道伊蓮娜是誰，也知道她與辛朋鎮事件的微妙關係，所以他肯定會忍不住把這些人與事聯繫起來。但對萊爾德而言，列維的猜想就有點難以理解了。

於是列維隨便應付了幾句，把一些猜測推說是直覺。

像萊爾德這樣的普通調查者，他們會清楚地記得辛朋鎮事件的倖存者名單，卻不太會記得全部失蹤者的名字。一般人都會對倖存者更感興趣，至於上百個失蹤者姓名，誰能全部記住呢。伊蓮娜是失蹤者，不是倖存者。

而在列維看來，最有調查意義的則是兩名失蹤者和一名倖存者：伊蓮娜．卡拉澤，丹尼爾．卡拉澤，以及瑪麗．奧德曼。

前兩人是學會的導師，奧德曼女士是一名信使，她並未失蹤，是倖存者之一。當時她六十六歲，基本已不再處理常見的信使工作，轉而只為兩位卡拉澤導師服務，擔任他們的對外聯絡者。

聯邦執法人員抵達辛朋鎮之前，是奧德曼在不停塗抹、破壞鎮上不停出現的塗鴉。《奧祕與記憶》雜誌認為也許她是在拯救小鎮，因為她破壞了全部塗鴉，所以後續調查人員才沒有繼續失蹤。但這只是雜誌的猜測，他們根本沒有採訪到奧德曼本人。

後來，奧德曼也「失蹤」了。她並沒有迷失在「門」中，她只是在「大眾」的眼裡失蹤了。她又瘋瘋癲癲地活了很多年，大概前年才死於心血管疾病和肺部感染。

列維曾經見過她一面。當時他還不知道她是奧德曼，只知道這人是個徹底瘋掉的信使。那時列維剛剛成為獵犬。他走進奧德曼病房的隔壁，與她隔著一道單向玻璃，她卻似乎看到了他。

她先是撲到玻璃上，瞪大雙眼，然後又尖叫著抱著頭滾倒在地，最後蜷縮回床上，用枯瘦的雙手捂著臉，指縫中露出一雙充血的眼睛，流著淚，眨也不眨，像在畏懼什麼怪物一樣。

照理來說她不可能看見隔壁。而且這邊的室內有四個人，三名獵犬和一位信使，可列維就是覺得她在看自己。

奧德曼的眼神讓列維覺得有些熟悉。似乎從前也有人曾經這樣看著他。他不記得自己做過什麼值得被畏懼的事情。

今天回憶起來，列維忽然有些明白了，奧德曼應該不是在針對他，而是想起了過去的不明經歷吧……就像萊爾德一樣，萊爾德偶爾也會露出這樣的神情。

萊爾德盯著「伊蓮娜」的時候就是這樣的。這兩人年齡不同，性格毫不相似，但他們拚命克制恐懼時的神態倒是挺像的。

想著這些時，列維看了萊爾德幾眼。

萊爾德故意誇張地咧著嘴，「你幹嗎要瞄我一眼然後冷笑？看起來怪變態的……讓我覺得自己是個在公路上搭車的離家出走少女，遇到了好心的卡車司機，上車後我們聊了一下，他斜眼看著我，露出詭異的笑容，從座位底下掏出刀子……」

列維收斂了一下表情，說：「我不會做那種愚蠢的事。」

「哦，你的意思是，你才不會用刀，你會直接用槍頂著我的腦袋？」

「不，我根本不會停車。」

「刻薄冷酷缺乏同情心。」萊爾德熟練地列舉了一下罪名，「對了，如果我們找到了伊蓮娜，你想怎麼辦？」

列維說：「我們要搞懂她是怎麼『開門』的。既然她能主動出現在我們的世界上，要嘛是她能『製造』門，要嘛是她能找到可以回去的門。」

「說得對！」後座上爆發出一聲大叫，不僅嚇了列維和萊爾德一跳，傑瑞和肖恩也瞬間被喊醒了。

「對！找到她就能找到回家的方法！」瑟西不知什麼時候睡醒了，激動地喊了起來，「她能找到我們的家，肯定也能讓我們回去！米莎也在她那……你們已經知道她在哪了？太好了，我們快點……」

列維聽見後面不斷傳來「嘁哩喀嚓」的聲音，傑瑞和肖恩支支吾吾什麼也不敢說。萊爾德回頭去看，只見瑟西舉著槍，卸掉子彈再裝上，拉開保險再關上，不斷地重複著這個過程……

「呃，瑟西……妳冷靜一點，」萊爾德背上浮起一層冷汗，「我們距離疑似目標還有一定距離，妳現在應該好好養精蓄銳，不要太累了，精神太緊張也不好……」

瑟西深呼吸幾次，終於停了下來，靠在椅背上閉上眼睛，「對不起……你說得對。我現在精神不穩定，真抱歉……」

後座上，傑瑞和肖恩交換了一下眼神。肖恩想表達「別搭話」，傑瑞卻領會成「說點別的」。

於是傑瑞試著活躍氣氛，「沒關係，特拉多女士，妳這樣其實挺酷的。我也很想學開槍，但我從沒試過。妳車裡那些東西也很酷，即使喪屍爆發也能輕鬆應對……」

瑟西疲憊地笑了笑，「哈……老毛病了。我和我丈夫年輕時天天這麼過日子……」

傑瑞一臉天真，「你們以前是黑幫嗎？」

除了開車的列維，全車人都震驚地盯著傑瑞。瑟西愣了幾秒，不但沒有生氣，還哈哈大笑起來。在笑聲中，她身形放鬆了很多，剛才緊繃著的狀態終於消失不見。

她擦著笑出來的眼淚說：「不，我們是末日求生題材愛好者，尼克有一家專門賣相關物品的店，而我寫了一些這方面的書……後來我們年紀大了，又有了米莎，精力沒那麼旺盛，就不再把家裡布置成核能危機地下室了……這輛車算是我們最後僅存的堡壘。」

「我也很喜歡這些！」傑瑞說，「妳看過《火山冬季的幽靈》嗎？裡面的主角也是這樣，平時就很有危機意識。」

瑟西羞澀地扶額，「天哪……也許你不會相信，但……這是我寫的。書上用的是筆名。」

傑瑞興奮得嗷嗷大叫起來，說想要瑟西的簽名，並且為沒帶筆和筆記本而煩惱起來。肖恩再次感嘆傑瑞精力旺盛，而萊爾德安心地轉回頭，重新靠在椅背上。

在漸漸輕鬆下來的氣氛中，列維是唯一一個表情越來越嚴肅的人。他稍微放慢車速，微微瞇起眼，仔細看著遠處。

「萊爾德，」他邊說邊指了個方向，「把你那個小望遠鏡拿出來，看看那邊。」

萊爾德一邊打開腳下的手提箱，一邊伸著脖子看前面。這一帶的的岩石和矮丘比之前更多，列維儘量在不改變方向的前提下走平緩些的地方，如果前面地形過於起伏，形成障礙，他們就沒法繼續開車了。

而列維所指的，並不是橫亙在視野盡頭的起伏山地，而是那附近的半空中。

在沒掏出望遠鏡前，萊爾德隱約看到天際線上掠過去一個小黑點，大概是隻鳥。除此外也沒什麼特別的東西。接著他才突然意識到，這並不尋常，他們一路上連半隻鳥也沒看到過！

萊爾德連忙舉起望遠鏡。

「一隻烏鴉，」他驚訝地說，「它落下去了……等等，那是個什麼？」

「我們又看不見，你倒是說說。」列維皺眉。

遠山光禿禿的，沒有植被，高峰處矗立某種細而高的物體。它頂端較細，下方微微粗些，從平滑規則的形狀來看，那大概不是枯樹，也不是自然的產物。烏鴉盤旋了幾次，降落在柱子頂端。

這時，車子繞過一片土丘，開上較為平緩的坡地。角度產生了變化，萊爾德能看得更清楚些。他驚訝地發現，那竟然是一座方尖碑。

從比例來看，這座方尖碑並不大，比起文物方尖碑，甚至還顯得有些矮胖。烏鴉在頂端停了片刻，把頭埋進翅膀理幾下羽毛，又展翅飛起，盤旋著下落，消失在山峰背後。

萊爾德把所見的東西描述一遍。尚恩和傑瑞爭著也要看，萊爾德就把望遠鏡遞給後座。

「那到底是什……」他只是隨口感嘆，說到一半，忽然沉默了。

不需詢問，一個答案直接出現在他心中：崗哨。

屬於所有拓荒者的崗哨。

沒有幻覺的文字，也沒有幻聽的聲音，這個回答就像是屬於他自己的記憶，出現得自然而然。

萊爾德低下頭，捏住眉心。列維察覺到他的動作，問他怎麼了，他卻暫時無法回答。

因為，伴隨著「崗哨」，又有其他詞句一併浮現出來，形成了群蜂般的雜音。

——撕毀書頁。處決獵犬。殺掉所有拓荒者。

萊爾德很清楚，這絕對不是他自己的想法，可它們對他而言卻無比親切，彷彿早就屬於他，他能隨意回憶起它們，就像回憶起任何一件生活中記住過的事情——比如最常聽到的廣告詞、政客打出的新口號、耳熟能詳的旋律、老家房子的模樣、學生時代的流行笑話……這些都不是發自於人們自己的內心，但大家都能清楚地回憶起來。

萊爾德忍不住想，難道是那個灰色獵人控制了他，對他下了某種暗示？

但好像又不是這樣。被暗示或控制的人通常沒有受控的自覺，他們會以為自己的行為很正常，而不是明確地感知到外來資訊。也就是說，灰色獵人沒有「控制」他，而是把這些認知「贈送」給了他，讓它們變成了本就屬於他的記憶。

它是怎麼辦到的？

萊爾德撫上自己的胸口。獵人描摹過留在這裡的圖形。

五歲的那年，回到家裡之後，他身上並沒有留下什麼嚴重的傷痕，但他經常在痛苦和惡夢中抓撓自己的胸口。後來隨著年齡漸長，他這個行為也越來越少。

我認識那灰色的獵人嗎？萊爾德問自己。

不認識。我對它沒有任何熟悉感。

那麼，是灰色的獵人認識我？

不認識。它顯然不認識我。

萊爾德回憶起峽谷下發生的一切，回憶著灰色獵人曾說過的每一句話。

它……他不認識我，但他認得出我身上的痕跡。就像他也不可能認識列維．卡拉澤，但他認得出拓荒者。

萊爾德閉上眼，心中浮現起不久前的對話：

「還有多少這樣的崗哨？」

「從古至今，每一年，每一秒，每一位拓荒者。」

「你要找到每一個『崗哨』嗎？」

「我即將找到的，是最重要的一個，但是……這一次，與之前不同。這一次，我意識到了……我不能找了……不能找了……」

黑衣的拓荒者走了很遠的路，經歷了尚不可知的波折，要尋找「每一個」崗哨和「最重要的」崗哨。在找到之前，他又因為意識到了某些事情，而放棄了繼續探索。

萊爾德揉了揉眉頭，又睜開眼，盯著矗立於遠山上的方尖碑。

黑衣男人要找的崗哨是在這附近嗎？是方尖碑的方向嗎？

這時萊爾德發現，視野好像靜止了，車子的位置沒有沒有繼續移動。萊爾德緩緩望向列維，發現列維也正盯著他，一臉的憂心忡忡。

「你怎麼了？」萊爾德的聲音含含糊糊的。

「我還想問你怎麼了！」列維說，「我正在和你說話，你漸漸就不理我了，我還以為你睡著了，結果沒多久你就開始皺著眉頭呻吟……我們問你怎麼了，你沒反應，傑瑞認為你一定是說夢話了，這時候你突然又醒了，一下子伸長脖子努力看遠處，一下子又兩眼放空……就在剛才，你還轉頭過來盯著我看，瞳孔有硬幣那麼大，活像是嗑了藥！」

萊爾德虛弱地靠在椅背上，「胡說……整個虹膜範圍也沒有硬幣那麼大啊……」

列維說：「看出你現在很清醒了，一清醒就耍嘴皮。說真的，你到底怎麼了？」

萊爾德也不知該如何回答，「我怎麼了呢……對了，為什麼停車？還有油吧？」

列維指指前面，「沒有路了。之前我一直儘量找能行車的路走，現在不行了。這裡已經進入了山地，地形越來越起伏不定，到處都是碎石。」

萊爾德揉了揉眼睛，果然如此，外面從偶有起伏的荒漠變成了碎石丘陵，不遠處就是山腳，整個環境像座巨大的採石場。他根本不知道列維又開了多久才到這裡。也許他真的睡著了，只是自己不覺得而已。

「太可惜了，」萊爾德看了一眼油表，「還能再開個六十多公里呢。」

列維捧著追蹤終端機。停車後，他已經再次確認了繼續前進的方向。

「我們得徒步往前走，」列維說，「瑟西帶著那兩個孩子去準備東西了。」

經他提醒，萊爾德才發覺傑瑞和肖恩不在車上。後車箱開著，那兩個孩子和瑟西站在旁邊，正在收拾行李。

「我都沒聽見他們下車。」萊爾德雙手按著太陽穴。

列維說：「你到底怎麼了？」

「我精神恍惚。」

「看出來了，但我問的不是這個。在峽谷邊的時候，那個怪物對你做過什麼？」

萊爾德一愣，「它對我做了什麼？」

「是我在問你，」列維無奈地看著他，「你怎麼變得這麼遲鈍，腦子出問題了嗎？在峽谷邊，你被灰色怪物帶了上來，然後你……」

列維猶豫了一下，隱去了萊爾德對他開槍的部分。他只講述了後面的情況，也就是萊爾德忽然以兒童的語氣說話的那一幕。

萊爾德隱約記得自己是如何被灰色怪物帶上斷崖的，但根本不記得後面這段。聽列維說完之後，萊爾德痛苦地捂著臉扭動，拒絕承認自己曾抱著列維大哭。

列維忍笑看著他，「行了，這不丟臉，我又沒笑你。所以，到底是怎麼回事？」

「你現在就很想笑！」萊爾德鬱悶地說，「我確實不知道發生了什麼……我的記憶好像被攪拌了幾下，變得有點混亂，就比如剛才，你說我說夢話什麼的，但我根本不知道自己睡著了，我就只是在想一些事情而已，感覺根本沒過一兩分鐘，可實際上車子已經走了挺遠一段距離了……」

列維說：「剛才我還以為你又要變回十歲了，還做了點心理準備。」

「其實應該是十一歲或者十二歲吧……你說我表現得很害怕，那應該是十一歲以後的事了。剛入院的時候我很凶的，因為還沒吃過什麼苦頭。」

說著，萊爾德稍微瞄了列維一眼，又收回了目光。

一些不知到底是記憶還是夢境的畫面被喚醒，他無法阻止它們在腦中閃現。

萊爾德忽然問：「對了，在我十一歲的時候，你多大？有十五六歲吧？」

「差不多。」

「你在哪讀高中？」

「你問這個幹什麼？」列維皺眉。

萊爾德感嘆道：「沒什麼，好奇一下。」

列維說：「那時我就已經開始調查這些事了。」

「這麼早？你十幾歲的時候就已經知道『門』的存在了？」

「知道一點而已。那時我接觸過一些案例，但並沒有一心追查和『門』有關的失蹤事件。如果是十六歲左右的那幾年……我好像是在調查一個未知生物襲擊案吧。」

列維只是沒講細節，但大方向上沒有說謊。回憶起來，那時他應該是剛結束獵犬的全部課程，他單獨調查的第一個事件是可疑的車禍。

一名科學研究人員剛參加完研討會，連夜開車趕回位在另一州的家，在路上與一輛貨車相撞，在事故中當場死亡。貨車司機說，在事故發生前他瞥到過小轎車內，裡面不只有死者一人。

列維並不知道這事件的最後結果。一段時間後，學會讓他終止行動，指示他去追查另一件事，他再也沒有關心過上一個案件。獵犬就是這樣。獵犬們有充足的好奇心，但只針對那些被允許嗅探的事物。

這時，肖恩來敲了敲車窗，「怎麼樣啦？」

列維打開車門。他的背包已經放在外面的地上了，看起來他是早就收拾好了一切，然後又坐回來叫醒萊爾德的。

「他不記得，」列維下了車，站著伸展一下肩背，「他不記得剛才說夢話，也不記得在懸崖邊大哭。」

萊爾德立刻也打開車門竄出來，「什麼！你在說什麼！你把我大哭的事告訴他們了？」

列維說：「根本不用我告訴，傑瑞和肖恩都親眼看見了。」

萊爾德趴在車頂邊。列維向他投以同情的目光。

車子輕晃了一下，是瑟西關上了後車箱。她帶了槍，繫了兩個腰包，裡面多半是子彈。肖恩背了個斜背包，帶上了一些瑟西指定要拿的小工具，拿著後車箱裡的球棒。

列維也想找點適合的武器，瑟西看了看他，掀開後車箱最下面的毯子，取出一把半人高的消防用碳鋼尖斧。列維欣然收下。

傑瑞本來也想拿球棒或者斧頭，卻沒想到它們都那麼重……於是他挑了一把只有三十毫米長的小型腰斧。

傑瑞舉著斧頭的樣子令人十分不安，在萊爾德的強烈建議下，瑟西把大塊的擦車布撕成條狀，在斧刃上裹了幾層。傑瑞嘴上抗議了幾下，但沒有堅持到底，拿著被裹住刀刃的斧頭，連他自己也覺得安心很多。

瑟西把車鎖好，五個人開始向著綿延的石頭山徒步前進。

不規則的碎石路很容易扭到腳，他們走得不快，現在爬上了一段斜坡，回頭還能看到車子。傑瑞和肖恩嘰嘰喳喳地聊著，瑟西卻陷入沉默。

瑟西邊走邊四下觀望，回頭看看，又看看遠處，突然說：「我覺得這裡有路。」

「什麼？」傑瑞第一個回過頭。

瑟西說：「我不是指修出來的的路，而是……這裡有反覆被人走過的跡象。比如在公園野營的時候，很多家庭會在同一片空地上偶遇並且搭帳篷，他們事先沒有商量好，也都不是故意要這麼做，他們只是憑著『似乎這邊比較好走』的感覺，不知不覺就選擇了同一個方向。其實在他們之前，真正的戶外冒險者和林務人員已經走過那條路不知多少次，即使路上依然雜草叢生，叢林依然看起來很原始，但環境本身已經變成了嚮導，會把後來的人引領到同一個地方。」

傑瑞問：「我怎麼看不出來……呃，這是好事嗎？」

瑟西說：「說不定是好事啊，如果那座方尖碑附近有居民，比如這裡的原住民什麼的，他們也許見過米莎和伊蓮娜的蹤跡。」

列維回頭和萊爾德對視了一眼。萊爾德用絕望的目光無聲地吶喊著：不，這絕對不是好事……

傑瑞和肖恩也很確定這不是好事，現在他們聽到「居民」這個詞就反胃。

「你們有沒有覺得，」傑瑞掂著斧頭說，「遇到詹森大師以後，我們就再也沒有遇到什麼可怕的東西。」

肖恩直搖頭：「別這麼說！在電影裡說完這種話就要遇到可怕的東西了。」

「誰是『詹森大師』？」萊爾德問。

身後的瑟西輕笑，「是我。詹森是我的筆名，但我可沒有自稱『大師』。」

傑瑞問：「詹森大師，問妳一件事……」

「你還是叫我瑟西吧。」

「好的，瑟西。妳進入這個地方之後，除了一開始的怪物，後來還遇過什麼？」

傑瑞會這樣問，是因為他震驚地發現瑟西竟然會期待遇到「原住民」。她好像認為怪物是怪物、人類是人類，仍然相信這地方會有除了他們以外的正常人。遠處的方尖碑讓她更加堅信這一點了。畢竟對一般人來說，人造物意味著有文明存在。

瑟西說：「我遇到很多奇怪的東西……是一些我不太想詳細描述的東西。」

「妳把它們都殺了嗎？」

「並沒有，」瑟西驚訝地說，「不要把我和我書裡的人物混為一談，我沒有那麼大的本事和勇氣。」

傑瑞撇撇嘴，在心裡說：我覺得妳有……

他又問：「怪物攻擊過妳嗎？我們就被攻擊過，好不容易才……」他回憶起懸崖邊發生的一切，又有點說不下去了。

瑟西想了想，說：「嚴格意義上講，我可能並沒有被主動攻擊過……」

「怎麼可能？」傑瑞和肖恩異口同聲。

瑟西遇到過一些和人類差不多大小的爬行生物。她很難精準形容它們的形態，它們根本就是流動的肉塊，能用身上的任何部分當作「足」來行進。起初瑟西以為那是蟲或野獸，但它們身上的肉不停扭動著變換位置，偶爾會浮現出人類身體上才有的特徵。

瑟西嚇得要命，先對它們開了槍。那些東西蠕動著逃竄開，不久後又聚集回來，並且數量更多。瑟西並不追求殺死它們，只想盡可能逃脫。後來她發現這並不難，那些東西好像也有些畏懼她，一旦她逃遠，就不再糾纏。

她不僅見過這種生物，還見過一些一閃而過的影子。有的就像之前遠遠望見的烏鴉，也有的蹲在山石的陰影裡，躲在乾涸的河床下……就像從惡夢中醒來時藏在眼角餘光處的惡魔一樣，目的不明地監視著她。

「在妳看來，它們都沒有主動攻擊妳？」傑瑞困惑地說，「也許它們不是不想，只是不敢？」

瑟西嘆口氣，「我說不出這種差別……如果你見過『伊蓮娜』，也許你就會懂了。」

「你們提過這個名字……到底誰是伊蓮娜？」傑瑞問。

瑟西搖搖頭，「你沒見過它？那很好。還是不說了吧，也許將來你會見到的。」

傑瑞被挑起好奇心，抗議著瑟西話說一半的殘酷行為。而瑟西不為所動。

萊爾德走到瑟西身邊，「我見過它。我明白妳的意思。」

「是指在我家的時候？」

萊爾德點點頭。但其實他指的不是在瑟西家裡的時候，而是更早以前。

在從前的經歷中，以及面對「伊蓮娜」的時候，他都會產生一種極為強烈的不適感。那生物散發著強烈的侵略性，幾乎能扭曲周圍的空氣，即使你不看著它，也會產生無法抵抗的恐懼感，而一旦接觸其分毫，就會被拉入地獄之門。

而別的怪物似乎不太一樣。它們或許扭曲，或許暴戾，但都不是「伊蓮娜」那樣的恐怖黑洞。

「我倒還好，沒有你們那種感覺……」走在最前面的列維嘟囔著。

萊爾德只是笑了笑，沒多說什麼。他以為列維只是嘴硬，就和「開車迷路是誣陷」或「爬不上去是因為沒帶裝備」一樣。

只有列維知道自己有多誠實。他確實覺得「還好」。

在瑟西家，面對米莎房間牆上的「門」時，他確實也害怕，但這種害怕之中摻雜著很大比例的震驚。他並沒有像萊爾德那樣嚇到腿軟，後來再想起這一幕時，也不至於心有餘悸。

列維自己的解釋是，萊爾德小時候被嚇慘過，瑟西是個嚮往安穩生活的母親，所以他們對「伊蓮娜」有極大陰影也是情有可原的。

「再把望遠鏡給我一下。」列維向後伸出手。

萊爾德無視他的手，把望遠鏡掛到他脖子上。列維回頭瞪了萊爾德一眼，將望遠鏡拽到胸前。

他叫大家先停下。

前面幾百米外矗立著一座巨大的岩山，暫時遮擋住遠方的地形和方尖碑。岩山局部染上了小片黑色，像是噴濺上的斑點，越往下就越多、越密。山腳位於低矮處，因為凸起地形的遮擋，在這邊看不清它的全貌。

「你們先別動，我往前走一點看看。」列維說。

他繼續爬上坡，登上一塊高地上的平石。再次舉起望遠鏡後，終於看清了岩山的全貌。它有一棟公寓大樓那麼大，形狀不規則，下方在凹陷處形成壕溝，岩山上噴濺的黑色痕跡正是源於此處。壕溝裡堆著被折斷成小塊的骨頭，和顏色發黑的肉皮碎片。

列維把望遠鏡抬了抬，一隻烏鴉出現了。牠從岩山高處盤旋而下，小心地落在碎肉附近。列維以為烏鴉要啄食，但牠只是繞著碎肉踏步而行，似乎在細細觀察。

烏鴉踱到一塊凸起的銳利石頭旁邊，突然受到了驚嚇，撲打著翅膀飛起來。它飛到一人多高時，凸出的石頭後面伸出一隻手，直接抓住了烏鴉的頸子。

列維放下望遠鏡跑了回去。

他儘量壓低聲音，指向一個石堆較多的方向，「往那邊走！」

傑瑞立刻不停問怎麼了，然後立刻被警告保持安靜。五人遠離原來的位置，縮到幾塊密集的山石後面。

列維和萊爾德躲在一處，他小聲在萊爾德耳邊簡述了一下看到的東西。

萊爾德從石頭邊探出頭，外面安安靜靜。那個東西離他們還很遠，應該並沒有發現他們。

遠處傳來了「喀啦喀啦」的聲音，大概是列維看到的那個生物慢慢走過來了。這一帶地上碎石比較多，它的腳步無法保持安靜。幸好列維隔著比較遠的距離便發現它，否則他們五人「嘩啦嘩啦」的跑動聲也早就被發現了。

伴隨著碎石上凌亂的腳步，同個方向傳來了輕輕哼歌的聲音。傑瑞用口型說：「這是泰勒絲的歌！」

肖恩驚訝地低聲說：「是艾希莉……」

他差點直接走出去，傑瑞和瑟西一起拉住了他，對他猛搖頭。瑟西掏出一面小鏡子，指了指傳來歌聲的方向，肖恩冷靜下來，點了點頭。

艾希莉的腳步很輕快，有時還故意踢一下小石子。她哼歌時有點走音，也經常忘詞，每次忘詞她都會笑起來，而且笑得輕鬆而自然。

如果不是身在這個莫名其妙的世界，艾希莉的聲音就好像是……她在清晨的小路上閒庭信步，用手機看著有趣的影片，她跟著影片裡配的音樂哼唱，看到搞笑的地方，就肆無忌憚地大笑。

瑟西坐在大石頭後面，小心地控制鏡子的方向，讓它既能映出想看的位置，又保持在遮蔽範圍內。幸好這地方永遠光線暗淡，不必擔心陽光的反射照到目標臉上。

隨著聲音越來越近，她看到了被稱為「艾希莉」的少女。

之前的路上，肖恩大概講了艾希莉與羅伊的事，瑟西很為這個女孩擔憂與惋惜。據瑟西所知，艾希莉有著人類的面孔與身體，長有四隻手（現在應該有所殘缺），肢體末端的皮膚顏色異常……可是，出現在鏡子中的生物並不是這副模樣。

瑟西看到的，是穿著黑色吊帶裙和高跟鞋的紅髮少女，她身形正常，沒有異常的皮膚和多餘的手臂。她畫著濃妝，面帶笑意，腳步輕快，就像是要趕赴期待已久的約會。

在瑟西疑惑時，鏡中的少女停下腳步。哼歌聲也停止了。

「我看到妳啦。」

艾希莉的頭朝鏡子的方向扭了過來。

不是正常的歪頭，而是機械般的旋轉。

列維罵了句髒話。在這個地方，提前發現危險很可能並不是什麼好事，他們就該安安靜靜地躲著，不該拿鏡子去查看情況。剛才他沒有馬上意識到這一點，所以並未阻止瑟西，畢竟人總是習慣以過去的經驗做判斷。

列維握緊消防斧，乾脆站了起來。「艾希莉」就站在十幾米外。看到她的模樣時，列維也稍稍吃了一驚。

艾希莉的身體也跟著臉慢慢地轉了過來。她暫時沒有靠近，而是露出更加燦爛的笑容。

萊爾德望向傑瑞、肖恩和瑟西三人，「你們先走。如果走散了，就去方尖碑那邊集合。先到的人找個安全的角落，等著其他人。」

「我可以保護自己。」傑瑞握緊小腰斧。

萊爾德心想，我不是怕你們無法保護自己，我是不想讓你們看到我和列維對那女孩開槍……

他還沒來得及找到更好的說法，傑瑞趴在石頭邊緣，看到了艾希莉現在的樣子。

「她恢復原樣了？」傑瑞激動地喊道，並從石頭後站了起來，「艾希莉，妳沒事了嗎？」

聽他這麼說，肖恩也望了過去。但肖恩沒有他那麼樂觀。

艾希莉以生日派對那晚的模樣出現，身上的異常全部不見了……肖恩總覺得事情沒這麼簡單，肯定有哪裡不對，不過，看到朋友熟悉的模樣，他一時也有些迷惑。

艾希莉望著他們，露出驚喜的表情，彷彿是在派對上遇到了意料之外的故人。

「太好了！你們來了，我好開心！」她雙手交握在一起，輕輕縮了一下肩膀，「快點，跟我來吧！」

傑瑞問：「妳是怎麼痊癒的？」

艾希莉並不回答他的問題，而是朝他們勾勾手，「不要耽誤時間啦，快跟我來，我幫你們呀！」

她熱情洋溢的神態和從前一模一樣，但在這種情況下，反而不正常到令人發毛。

肖恩拉了拉傑瑞的手臂，輕輕對他搖頭。傑瑞再傻也能察覺到不對勁，跟著肖恩稍稍後退了兩步。

艾希莉開始向前走，邊走邊燦爛地笑著，「哈哈哈，你們一定想不到！現在我真的很開心！本來我可以不管你們的，但你們是我的好朋友！這種好事當然得想到你們！聽我的吧，準沒錯的，來，跟我一起……」

「艾希莉，停下，別動。」萊爾德舉槍對著她。

艾希莉乖乖地停了下來，距離他們只有十幾步。

「哈哈哈哈哈別這麼保守呀，你們試過就知道了！」她俏皮地擠了擠眼睛，「跟我來！我都幫你們準備好了！」

萊爾德問：「妳準備了什麼？」

艾希莉抬手指向岩山，也就是之前列維看到碎肉和烏鴉的方向，「晚餐準備好了！我保證會給你們一個驚喜！」

萊爾德試圖讓艾希莉多說點話，「艾希莉，妳告訴過我們不要吃東西。而且我們並不會感到飢餓。」

「以前是我錯啦！」艾希莉說，「以前我太狹隘了！我真笨！現在我完全明白了！」

她向他們伸出手：「你們這樣是不正常的！幸好治療起來很簡單！我會幫你們把礙事的部分去掉，讓你們有機會成長為真正的人，而不是現在這樣殘缺的怪物！來吧！一頓晚餐的時間！好好享受一下，然後一切都會好起來！」

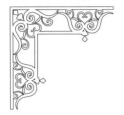

SEEK NO EVIL

CHAPTER FIFTEEN

【向方尖碑】

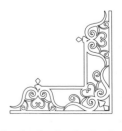

艾希莉的一席話，讓所有人都背脊發寒。瑟西拍了拍傑瑞和肖恩，對他們使了個眼色。如果情況不妙，他們得向亂石林立的方向跑。

肖恩試著說：「艾希莉，來，我們一起行動吧，想辦法回家去。」

「回家？」艾希莉又向前走了幾步。萊爾德再次警告她，這次她無視了。

「回家？哈哈哈，天哪，肖恩你喝醉了吧？」她露出一副「真拿你們沒辦法」的表情。「來吧，來吧，來吧，我幫你們！」她拋了個媚眼，笑容燦爛。「別，怕，別不好意思很快樂的你們長大就會懂了！」

她興奮地握起雙手，縮著肩膀，像在等待被授予生日皇冠的小女孩。

她使勁忍著笑意，最後終於忍不住了，笑得都彎下了腰。

「保證絕對不會後悔來吧來吧嘻嘻嘻嘻哈哈哈哈哈別擔心我哈哈哈我也是的是的享受真正的人生真的很喜歡我吃你們不用擔心不會死的我們都不會死我們會很快樂的哈哈哈哈哈哈你們真有趣啊人要好好生活受詛咒了野獸要變回人哈哈哈哈哈哈知道了吧太有趣了呵呵哈哈哈來來你們你們你們這些怪物！」

聲音響徹灰色的天空，每個人都頭皮發麻，屏住呼吸。

艾希莉離得太近了。萊爾德瞄準她腳邊的地面開了一槍，可她完全不受影響，反而加快腳步向他們衝了過來。

在萊爾德猶豫要不要開槍打她的時候，瑟西先動手了。雙管獵槍直接擊中艾希莉的右腿，她被衝擊得跌倒在地。她的黑裙和腿上分布著零碎的血洞。而她的「裙子」質感十分古怪，看起來不是被打出洞的布料，而更像是破損的表皮。

艾希莉沒有因此卻步，而是立刻笑嘻嘻地跳了起來。她一動就更明顯了——她身上的根本不是「黑裙子」。那是她的身體組織，是表皮的一部分。

她嘴裡碎碎念著什麼，身體扭了幾下，像沒有骨頭的氣球人一樣。隨著扭動，她身上浮現出一些小斑點，斑點在一兩秒內增多到數不清的地步，凸起成與肌膚同色的小疣，然後每一粒疣都開始從體表擠出來，迅速擴大，形成一層有彈性的不明物質，它先是填充槍傷，接著迅速連成片，完全覆蓋住原本的「艾希莉」外貌。

這是一隻沒有特定形態的肉團。它有一人多高，時寬時窄，沒有明確的身體部位區分，有時在正面伸出一隻腳，有時在最下面浮現出一張臉。

它每一秒都在不停扭動，身上那些器官也不停隨機浮現或消去。在變化中，它的肉皮抖動著，形成夾縫皺褶的地方會發出聲音，就像嘴巴的上下唇一樣。它發出此起彼伏的笑聲。聲音是艾希莉的，是那種看到極為有趣的事物時的爆笑聲，彷彿陷入了永久的狂喜。

瑟西正打算拉著兩個未成年撤開一段距離，看到這一幕，他們完全嚇呆了，腿像陷入淤泥一樣難以拔動。

萊爾德也愣住片刻，然後立刻清醒過來，對撲上來的怪物連續開了幾槍。「艾希莉」就這樣頂著子彈的衝擊一步步前進，被擊中時，它也會跌倒，身上也會破損，但它似乎根本就不在乎。

列維單手撐住石頭跳出來，攔在艾希莉面前，朝它猛地揮出尖斧，斧背上的尖刺正中它的軀幹——現在他們根本看不出它的結構，不知道尖刺到底打中了什麼部位。

怪物的肉形成幾條凸起，變成類似手或者爪的形態。每隻「手」的大小和指頭數量都不太對，讓它們看起來更像觸鬚，而不是手臂。

怪物試圖用這些亂舞的「手」抓住列維，列維繼續揮斧，第二下把尖刺造成的傷口砍得更深，第三次甚至砍掉了它側邊末端新伸出來的幾隻「手」。列維發現，它好像並不怕子彈或尖刺造成的傷口，而被徹底砍掉的部位就沒那麼容易再生。

怪物的傷口也像嘴巴一樣翕動著，附近的肉很快便擠上來，由內而外填滿了它。在傷口即將消失的時候，裡面還浮現出一張只有拳頭大的「臉」，長相是艾希莉的，它大喊了一句「不是你」，就又縮回了肉裡面。

它退縮了一些，狂笑聲被低沉的悶哼取代。

萊爾德縮在石頭後重新裝填子彈，看到怪物沒再靠近，他推了推瑟西，「你們先走，儘量跑遠點。」

瑟西說：「跑了又能怎麼樣？她會追上來的。不如就在這徹底解決她。」

萊爾德心情複雜。在醫院第一次見到瑟西的時候，她看起來就是個對人毫無戒心的中年主婦，誰能想到現在她舉著雙管獵槍，面不改色地說著要「徹底解決」點什麼……

傑瑞問：「我不明白，艾希莉到底想要什麼？」

「大概是想讓我們變得和她一樣吧……」肖恩有些不滿地瞄了一眼列維的背影，因為同時會看到那怪物，他又連忙移開目光，「她受了那麼重的傷，然後肯定又『成長』了……現在就成了這樣。如果我們早點發現峽谷不對勁，早點離開，那我們就不會被灰色怪物追上，艾希莉也不用和它拚命，她就不會受後來那些傷……」

萊爾德搖搖頭，「可惜沒有如果。」

其實他更想說的是，即使你的「如果」都成立，也不能保證艾希莉不會進一步地「成長」。

她已經改變了，繼續變化也是或早或晚的事情。想要她安然無恙，除非一開始她就根本沒有走進那扇門。

但現在不是說教或辯論的時候，萊爾德懶得多說。他想著，等到了安全一些的環境中，如果肖恩和傑瑞仍然過不去心裡的這道坎，那時他再發揮一下從前當靈媒時的本事，努力好好安撫他們。

怪物在原地蠕動著，暫時沒有靠近。萊爾德和瑟西拿著槍，把兩個學生攔在背後，四人小心地慢慢退向反方向。

列維持著沾有黏稠黑血的斧頭，也繞過隱蔽用的石頭，謹慎地後撤。

他們與怪物拉開一段距離後，怪物突然又動了起來。它從肉裡伸出兩條人腿，外皮上還變出了艾希莉的高跟鞋，它以行走而不是蠕動的方式，又靠近了一些。但它沒有再發動猛撲，似乎是又不想放他們離開，又不敢離得太近。

幾人就這樣小心翼翼地與怪物拉開距離，撤到了能繞過岩山的亂石區域。

忽然，肖恩在餘光中看到一抹血色，他的心臟猛地提到喉頭，扭頭仔細一看，才發現那是一塊被噴濺上大片血液的石頭，上面還沾著一些黃白色的不明黏稠物質。

石頭下面是一坨形態模糊的皮肉，露著一些皮毛，似乎是某種動物的碎屍。但他們在這個地方從沒見過「正常的」野生動物，所以這多半也是某種不明物的碎塊。

肖恩想擋住傑瑞的視線，免得傑瑞看到後像個孩子一樣尖叫。當他望向另一處時，發現那邊的石頭上竟然也散落著噁心的黑紅色。

很快，其他人也看到了這些。這一帶散落著數不清的肉塊、血液、灰白色或黃色的不明物質、看不出物種的內臟……之前他們沒有看到這些，只是因為他們一直走在較為開闊平坦的地方。

十幾分鐘前，傑瑞曾發出感慨：我們再也沒有遇到什麼可怕的東西……現在看來，這附近其實也蟄伏著很多危險，他們沒遇上，是因為有更強大的東西把它們殺掉了。

甚至，說「殺掉」都不太準確……

他們繞過一根石柱，傑瑞差點踩到一灘血肉。那東西發出了一聲尖銳的嘯聲，傑瑞也跟著慘叫起來，肖恩連忙拖著傑瑞遠離。

只是匆匆一瞥，他們看到那東西是半顆頭，另一半完全被打爛了。它殘留著有些鬆垮的臉肉和嘴巴，以及一側的眼珠。它還能發出聲音，甚至還在他們的眼角餘光中顫抖了幾下……它還活著。

走進這片區域後，遠遠跟著他們的艾希莉似乎又愉悅了起來。

它的腳步變得很輕快，上半部分是扭動的肉和觸鬚，下半部分的少女雙腿俏皮地跑跳著，偶爾還用舞步轉個圈——只有兩條腿這麼做，肉塊各自為政。它沒有追得太近，五個人不再倒著走路，而是像害怕食肉恐龍的三角龍群一樣圍成一團慢慢走。只有列維保持著半側身，讓它一直處在自己的視野內。

列維一直盯著這怪物，其他人不敢多看。很多人都會遇到這種時候，又想隨時留意某個東西，又無法忍受直視它造成的不適；不看它就不放心，看它又會更加痛苦……

它又開始用肉褶說話：「對對對看到了嗎嘗嘗吧嘗嘗吧！我準備的來了很久我發現哈哈哈你們這些怪物你們建議！不是你！嘗嘗吧晚餐開心知道了哈哈哈哈……」

列維留意到它說的話……「不是你」是指什麼？

它說了兩次，兩次都出現得莫名其妙，沒有前後文，這句話混雜在快樂的瘋言瘋語中，多少有點突兀。這似乎不是瘋狂的一部分，倒像是怪物本身思考的結果。

還有，這怪物竟然如此畏懼消防斧？明明它受的傷並不是特別嚴重，它的動作一點也沒有被傷勢拖慢。

列維之所以沒有繼續攻擊它，是因為他隱約覺得這樣也沒什麼用。

經過了無皮人、灰色嵌合人，還有現在這滿地的活殘骸，列維發現這些生物根本就不會死……怎麼攻擊也不會死，多麼痛苦也不會死。它們可以被分解，被撕成不能動彈的碎片，會因為被別的東西吃掉而徹底消失……但就是不會出現正常意味上的「死」。

列維並不想用斧頭慢慢砍碎這個怪物……這樣做顯得太殘酷，那兩個孩子不一定受得了。就算不考慮他們的感受，萊爾德也可能會對此嘮叨個不停。

當然，他本身也不想幹這種事。獵犬雖然被叫做獵犬，但他們的職責並不是屠殺，而是尋找和發現。

列維已經記錄過很多東西了，將來還得找機會記下來現在的突變……為了更好地完成這份職責，他必須趕往方尖碑。

它和樹屋一樣，顯然是人工建造的事物。它們是學會的崗哨，是儲存真相的地方。

在走進這世界之前，列維並不確定自己能夠遇到崗哨。他只在規章裡見過這個概念，並不瞭解它實際上的模樣，甚至不能確定它是否真的存在。

按照學會的要求，每一代、每一位拓荒者都會致力於尋找和建設崗哨。但拓荒者從不復還，那些導師變成了被撕毀的書頁，獵犬變成了只剩名字的符號，門外的人無法去驗證這要求是否被履行了。

一陣「唰啦啦」的振翅聲打斷了列維的思索，也把其他人嚇得渾身一顫。

他們抬高視線，赫然發現較高的石頭上停著烏鴉。

每一處較高的石頭上，都停著一隻烏鴉。牠們的毛色漆黑得能夠吸收掉微弱的光線，黑得模糊了一切細節，如同一道道烏鴉形狀的影子。

五人已經慢慢靠近了岩山，岩山下面更加昏暗。

怪物遠遠跟著他們，拉開了一定的距離，此時暫時被凸出的石頭擋住了。烏鴉群一直跟在附近，他們走得遠了，牠們就拍打著翅膀移動到更近的高處。

亂石越來越稀疏，再往前走一段，就又會踏上較為開闊的平坦石地。列維仔細留意著視野可及之處，不知是從什麼時候開始，怪物竟然不見了。

「艾希莉」似乎放棄了他們，從岩山附近就沒有再繼續跟上來。

她是害怕方尖碑？還是害怕這些烏鴉？或者是她對「幫別人也變成怪物」失去了興趣？

列維提醒萊爾德，說艾希莉沒跟上來。萊爾德長呼出一口氣，剛才他一直又輕又淺地呼吸，憋得頭都有點暈了。

列維嘖嘖搖頭，「有時候真不知道該怎麼形容你……特別勇敢又特別膽小。」

「槍都打不死的東西，通常全是可怕的東西，」萊爾德深呼吸著，「不是我膽小，多數人都會這麼想……所以我現在正在想，那些烏鴉能被打死嗎……牠們就這樣蹲在附近，我們需不需要做點什麼？」

列維提議：「要不然你打一隻試試？」

「不了吧，反正它們也挺老實的。萬一真的打不死，卻把牠們激怒了怎麼辦……」

雖然嘴上這麼說，但萊爾德的雙手一直保持著隨時能舉槍射擊的姿勢。他轉了一圈，確保烏鴉確實老老實實地待在原處。

「列維！」突然，萊爾德驚叫一聲。

列維沒有太害怕怪物和烏鴉，倒是被萊爾德嚇了一跳。「怎麼了？」他轉過身。

然後，他瞬間就明白了為什麼萊爾德會如此驚恐。

肖恩，傑瑞，瑟西，這三個人不見了。

他們走出岩山下方的陰影後，那三人便無聲無息地消失了。

萊爾德和列維在附近找了一圈。他們回到路過的亂石陣，繞到岩山另一邊，還發現了之前列維透過望遠鏡看到的碎肉……灰暗的天空之下一片寂靜，另外三人徹底不見蹤影。

「回憶一下，剛才都發生了什麼？」萊爾德說。

列維望向附近的烏鴉，「烏鴉出現時他們三個還在。他們也看到烏鴉了。」

「然後我們靠近了那座岩石山。」

「那時他們也在。」列維說。

「嗯，我也記得他們在，那時我就貼在他們三個身邊。」萊爾德說，「再之後，我們從石頭山旁邊路過，艾希莉沒有跟上來，還是你提醒了我。」

「他們一定是在這時候不見的。」

「你肯定嗎？」

列維說：「多半是。那時我說艾希莉沒跟上來，但只有你聽見並做出了回應。正常情況下，如果傑瑞還在我旁邊，他怎麼可能一聲不吭？他不高聲歡呼才奇怪。」

萊爾德感嘆：「太有道理了……這麼一想，也許艾希莉並不是沒追上來，也許她還在追著傑瑞他們，只是我們看不見了……搞不好這又是一次環境改變，就像之前草原變成樹林一樣。也許不是他們消失了，是我們兩個消失了。」

「有可能，」列維說，「但我總覺得這次不太一樣……」

萊爾德環顧了一下四周，「等等，我先確認一下，你和我眼裡看到的世界是一樣的吧？比如你看那塊石頭，剛才我們路過了它。在你看來，它像不像一根只剩下一邊的蛋而且還有點彎的……」

列維打斷他的話，「像。就算你想驗證，也不用非要用它當參照物吧？」

「參照物要有細節才行。」萊爾德走過去拍了拍那塊石頭，「好……現在怎麼辦？我們繼續向方尖碑走？」

這個提議讓列維挑了挑眉，「想不到你會主動這樣說。我剛才還在想，如果我建議繼續前進，你會不會強烈反對。我以為你會想先找到傑瑞他們，還會說我刻薄冷酷缺乏同情心什麼的。」

萊爾德說：「我也很想趕快找到他們，但現在我們毫無頭緒，在這裡繞著石頭轉圈也不會有任何幫助。我之前對他們說過，如果意外走散了，就在方尖碑附近見面。先不提傑瑞，至少肖恩和瑟西都聽見這句話了。」

列維點點頭，「好，那我們走吧。」

前面視野比較開闊，地面起伏也比較小，他們與方尖碑的距離肉眼可見地拉近。烏鴉沒有再近距離跟著，而是在他們遠離岩山和亂石後就陸續飛走了。

列維對方尖碑越發好奇。那些烏鴉都朝它飛去，最後盤旋著消失在看不見的角度裡。

萊爾德跟在列維身邊靠後一點，邊走邊努力地在記憶中挖掘。灰色獵人在他腦子裡留下了點東西，也許裡面會有用得上的線索。但他什麼也想不起來。這些烏鴉是什麼？方尖碑是什麼？艾希莉接下來會怎麼樣？人為什麼會消失……連灰色獵人也無法給他答案。

萊爾德之前曾問：「你要找到每一個『崗哨』嗎？」

當時灰色獵人以人類的模樣出現在意識世界裡，他的回答是：「我即將找到的，是最重要的一個……」

獵人知道方尖碑附近有崗哨，但因為某種原因，他放棄了作為拓荒者的職責。也就是說，他並沒有親自來過這裡，至少是沒有接近方尖碑。

如果真如他所言，這一帶有個「最重要的崗哨」，那麼萊爾德並不會感到恐懼，他和列維一樣相當期待。

在灰色獵人的記憶中，萊爾德看過那人曾經在甲板上塗寫，以某種方式在海面上開啟了一扇「門」……即使不是他開啟的，至少也是被他找到的。

既然那個人能主動呼喚不協之門，那麼別人當然也可以。只可惜，萊爾德無法直接向獵人詢問這一點，他不會說的。他的精神不穩定，而且他的目的並不是送無辜的人回家，而是恰恰相反——他不想讓任何人回去。

那麼，崗哨就是另一個機會。崗哨裡很可能藏有其他拓荒者留下的知識，說不定就能找到些什麼。

岩山在地面投下大片陰影，讓本來就陰沉的世界更加昏暗。數十隻烏鴉停在附近高高的亂石上，像在等待腐肉一樣安靜地注視著地面。

雖然氣氛十分有壓迫感，傑瑞卻放鬆了很多。他看到艾希莉放慢腳步，距離他們越來越遠了。

傑瑞欣慰地想，也許方尖碑附近真的有庇護所，怪不得怪物和變成怪物的人都不敢靠近。緊接著，這個想法又讓他難過了起來，如今他們五個人就像是末日科幻片裡的倖存者，艾希莉和羅伊卻成了徹底的怪物。

更令人難過的是，即使她沒有變成現在這樣，而是仍然保持著四隻手的那個狀態，也許她仍然無法跟他們一起行動……如果真的有庇護所存在，那麼她仍然算是怪物。

肖恩走在比較靠前的位置，第一個離開了岩山的陰影。他又走了幾步，忽然停下來，皺眉望著天空。

瑟西也跟著停下來，「怎麼了？」

「你們有沒有覺得奇怪……」肖恩疑惑地說，「有影子的地方比較暗一點，現在我走出來了，為什麼光線仍然比之前暗？」

這裡的天空一直是不通透的暗白色，但光線還算充足，能夠讓人清晰地視物。繞過岩山的時候，周圍稍微更暗了一點，他們幾個都覺得是岩石投下的陰影。現在他們已經走出了陰影，周遭卻沒有恢復之前的明亮程度，昏暗持續籠罩視野。肖恩看了看身後的地面，能看到清晰的影子邊界。

經他提醒，瑟西和傑瑞也發現天色變暗了。瑟西想了想，忽然輕聲驚叫：「等等，不對啊！」

「什麼不對？」肖恩問。

「這地方一直陰著天，陰天的時候，石頭怎麼會有這麼清楚的影子？」

隨著這句話，肖恩從盯著地面的狀態抬起頭，他本來想說點什麼，話卻一下哽在喉嚨裡。

跟在他們後面的列維和萊爾德不見了。

他回頭看地面的時候，餘光裡似乎還有他們的身影，就這麼一個閃念之間，他們竟然不見了。

緊接著，傑瑞和瑟西也發現了這件事。傑瑞慌張地喊起來，瑟西連忙阻止他，生怕他引來別的怪物。

其實，這一帶也許沒有「別的怪物」了。就算曾經有，現在它們也都被撕碎成無法動彈的肉塊，被潑灑在亂石之間。

做出這一切的艾希莉停在岩山下面，伸出一條細長的肉鬚，尖銳的末端指向慌亂的三人。同時，它張開了身上的一道肉褶，發出尖銳刺耳的狂笑。

隨著那狂笑聲，地面上被撕碎的血肉全都蠕動起來，其中保有眼睛的那些，則一齊把眼睛轉向艾希莉。

烏鴉們依舊停在高處，沉默著，無動於衷地凝視這一切。

艾希莉又一次邁開腿，向三人衝了過來。它的速度快得驚人，眨眼間就到了距離他們幾步遠的地方。瑟西在慌亂中開了一槍，幾乎沒有傷到它。它挺身再次撲上來的時候，肖恩跳到瑟西身邊，壓低身形，揮起球棒掃在怪物的雙腿上。

怪物的反應非常快，那雙人類形態的腿瞬間收回肉裡，但這也導致它像巨大的肉蟲一樣倒在地上。

它並不依賴腿部走路，所以瞬間就重新站起。不是像人類那樣從躺姿站起身，而是像被重塑的黏土一樣，直接由橫倒在地的形態變成豎直形。

藉著這個機會，肖恩拉著傑瑞和瑟西一路狂奔。他想起了在動物紀錄片裡看過的知識，草食動物在躲避追獵者時，會故意轉彎或Z字型跑跳，比起直線向前跑，這樣做更有逃脫的希望。於是，他們沒有繼續跑向空曠處，而是從岩山腳下轉彎跑開。

身後傳來連綿不絕的尖銳笑聲，三人根本不敢回頭。笑聲刺耳到令人反胃的地步，這已經不是用狂喜可以形容的笑聲了，它更像是未知的野獸在發出類似笑聲的嘶吼。

瑟西腳下一個踉蹌，差點絆倒自己。她突然意識到一件事，她沒有這些年輕孩子跑得快。即使一開始能跟上幾步，緊接著就會在幾秒內落在後面。而肖恩一直拉著她與傑瑞，從他的姿態來看，他已經被速度慢的人拖住了腳步。

瑟西甩開肖恩的手，轉身，舉槍，朝著湧動襲來的怪物開槍。她做這些時極為俐落，肖恩聽到槍聲，才發覺她竟然停下了。瑟西朝他高喊：「繼續跑！別過來！」

子彈打進怪物的肉裡，就像被厚重的凝膠吞沒一般。怪物的身體確實會因為衝擊而停頓，但它並不懼怕槍傷，馬上就又會欺身上前。瑟西極為熟練地連續換彈並繼續開槍，硬是暫時讓怪物無法靠近。

肖恩當然並沒有聽瑟西的話。他抓緊球棒，剛想轉身回去，傑瑞便用力一把抱住他的腰。

肖恩憤怒地看向傑瑞，正要說什麼，傑瑞卻搶先喊起來：「你看這邊！看！快看！」

他邊喊邊用力拉扯肖恩，肖恩隨之看向右手邊。近在咫尺的岩山壁上，赫然立著一扇黑木拼成的雙開拱門。

它嵌在山石上，左右各有一道橫向的加固鐵板，鐵板上釘著不同色金屬雕成的烏頭，烏嘴裡銜著門環。右側門板半人高的位置上刻有六芒星與銜尾蛇，蛇身圍成的環形中有個他們不認識的符號。

根據從前的經歷判斷，這門顯然不是什麼好東西。肖恩問：「你該不會是想進去吧？」

「不是！」傑瑞盯著與瑟西僵持的怪物，「我們把艾希莉弄進去！」

肖恩疑惑地看著他，「難道你認為它是能回家的門？」

傑瑞說：「當然不是！我不知道它是什麼！不管它能不能回家都行，反正它肯定是那種門吧……就是，我們知道的那種，進去就沒法原路返回了！」

肖恩恍然大悟，對傑瑞點了點頭。

也許真的可以把艾希莉想辦法弄進這扇門裡。如果這扇門能回家，那麼艾希莉就會第一個回去，接下來的事情就要交給醫學了……如果這門不能回家，而是通往其他區域，那麼至少他們三人能夠暫時擺脫艾希莉。雖然門內情況不明，但總比和艾希莉你死我活要好。

瑟西聽到了他們說的話，她不敢回頭去細看，只是用餘光注意著肖恩的動作，想儘量配合他的計畫。肖恩繞開一段距離，打算從另一側靠近艾希莉，儘量讓她朝門的方向移動。

瑟西減少了開槍次數，只從側面保護肖恩不被傷到，肖恩不斷揮舞球棒，故意越來越靠近怪物，當怪物差點接觸到他的時候，他隨即敏捷地躲開。怪物對敢接近它的人更執著，所以就這樣不斷地朝著肖恩的方向欺近。

傑瑞留意著時機，吞了一口唾沫，用腰斧輕輕推開岩山上的門。鳥頭銜著的門環敲在加固鐵片上，發出冷冽清脆的響聲。

門內十分昏暗，但又不是完全漆黑，站在外面，能夠看到凹凸不平的地面和牆壁。這和傑瑞在自己家廁所外看到的「門」並不太一樣，他見過的那扇門裡面黑漆漆的，打開手機的手電筒都照不了多遠。

他回頭看了一眼，艾希莉的觸鬚差點纏住肖恩的脖子，幸好瑟西及時開槍，分散了它的注意力。

艾希莉越來越靠近，等到它離門夠近了，瑟西就可以利用開槍的衝擊力讓它倒入門內。之前它已經這樣跌倒好幾次了，雖然它每次都能不痛不癢地把癱倒的肉再次豎起來。

傑瑞保持著謹慎，推門的時候輕輕用力，確保一點也不讓手臂伸進門內。他把另一邊門板也推開，讓整扇門徹底大敞，然後馬上閃身離開。

與此同時，槍聲在近距離響起，一陣裹挾著狂笑的強風從傑瑞背後掠過。他立刻反應過來發生了什麼，於是和肖恩、瑟西一起朝反方向跑開。

他們回頭看去，艾希莉被成功地引到了門裡。它肉團般的身體癱在門內，肉褶裡伸出的人腿像蟲足一樣分在兩側。像之前一樣，肉團湧動起來，重新從中心豎起，用觸鬚扒住兩側門板——它曲起雙腿，以觸鬚提供拉力，整團肉從門裡彈跳出來。

三人驚叫起來，一時幾乎有些慌不擇路。

「不對啊！她還能出來！」肖恩帶著傑瑞繞了一大圈，躲開了怪物的猛撲，瑟西則從另一側閃開。

傑瑞也帶著哭腔喊道：「難道這不是那種門嗎？」

瑟西繞到怪物後面，乾脆直接跑向岩山，鑽進了那扇門裡。看她這樣做，肖恩和傑瑞也兜著圈子跑了過來。他們撲進門內，三人一起關上門並死死頂住。

外面的艾希莉撞了上來，並繼續尖聲狂笑。她的力氣比之前還大，三人能雖還能頂住，但也有好幾次被她撞得腳步後退。關上門後，隧洞裡太黑了，他們沒來得及看清是否有門栓之類的東西，三人都擠在門上，誰也沒摸到像是鎖具的物體。

在怪物笑聲的間歇，他們忽然聽到一陣「唰啦啦」的雜亂聲響，似乎是群鳥振翅，一齊飛上天空。

大概是那些烏鴉。之前牠們一動也不動，現在又全都同時飛了起來。聽到動靜時，肖恩還擔心牠們也會來撞門，幸好這並未發生。當振翅聲完全消散時，艾希莉也不再撞門了。

但它沒有走，它的幾條觸鬚還留在門板上，從門內可以聽到它們「唰啦啦」地動彈著。

過了幾秒，艾希莉又把整個身體貼到門上，左右蠕動，蠕動到門的範圍以外，扭動著離開，在外面轉了幾圈，又回到門前。

它一下子貼著岩山拍打，一下子又蠕動到門上，然後又忽略了門。它似乎陷入了困惑。

三人不敢放鬆，仍然死死抵著門。

外面傳來「噗嘰噗嘰」的聲音，十分耳熟，不久前他們聽過類似的聲音……就是艾希莉從人類原貌變成肉團的時候。它從皮膚中擠出一顆顆肉疣，肉疣擴大並連成一片，那時它就不停發出這樣的聲音。

很快，聲音結束了，取而代之的是穿高跟鞋走路的噠噠聲。

「哈哈哈真奇怪，你們去哪了？」她又開始說話，「你們這些怪物你們叫什麼名字？你們好難過啊你們真噁心你們太笨了你們哈哈哈哈呵呵哈哈哈……」

她吐字清楚，說的話卻毫無邏輯。最後，她又開始笑個不停，笑聲不帶任何嘲諷或惡意，是真的被逗到情難自禁時的笑法。

她笑到不停抽氣，並一直在門外走來走去。門內的三人保持著安靜，不知道該怎麼辦。

四周突然亮了起來，三人都嚇了一跳。因為經歷過視野突然改變，肖恩還以為又發生了同樣的事情，可仔細一看卻並非如此，是石洞裡亮起了兩排小燈。

真的是燈。它們連著電線，被固定在石洞頂端兩側，每隔一米左右就有一小盞。

燈光是橘色的，亮度很低，如果不是排列得比較稀疏的話，倒有些像節日用的小彩燈。

「這是真的燈！」傑瑞忍不住感嘆，「這也是真的門！」

說完後他才發覺自己聲音太大，連忙捂住嘴，緊張兮兮地聽著門外的動靜。

門外的艾希莉仍然在「噠噠噠」地走來走去，沒有走遠，也沒有什麼反應。

「它好像聽不見我們。」瑟西說。

「如果我們現在開門會怎樣？」肖恩問。

傑瑞連連搖頭，「我覺得不好吧……」

於是，三人一齊望向洞穴深處。

洞壁雖凹凸不平，但也能看出是人工開鑿而成，兩排小燈就像路標一樣，無聲地為人指引方向。

「我們要往裡面走走嗎？」瑟西說，「也許這裡和方尖碑那一帶是相通的。看起來有人在這裡，而且是理智的正常人，你們看，他們懂得開掘隧道，還能安裝電燈，這至少表示他們有發電機。」

兩個少年點頭同意。在異常的環境中看到熟悉的東西，會讓人感到放鬆很多。

最終，他們決定只往裡面走一小段，絕不轉彎，絕不走岔路，如果沒有燈了就掉頭回來。總之先不要太深入，只是去看看情況。

從岩山到方尖碑的這一路上，列維和萊爾德看到了數不清的怪物屍體。有些還能看出原本形態，也有些碎得稀爛。

比如他們剛剛路過的「狼」屍體。它是被攔腰斬斷的，形態相對完整，它的體型很大，毛髮較多，很像奇幻故事裡的狼人，但手腳仍是人類的形態，只是被放大了很多倍。它的頭部因為被前後拉長，所以遠看像狼，如果離近看，其實它的正面是人臉，腦後也是人類，而側面則有三顆頭疊在一起那麼長，就像被扭曲變形的照片。

萊爾德習慣把這樣的東西稱為「屍體」，其實嚴格來說，他不該用這個詞，它不是「屍體」，它還活著。這隻「狼」的上下半身已經分開，正在分別朝不同方向爬行。上半身發現了列維和萊爾德，氣喘吁吁地爬過來，幸好它爬得比較慢，輕鬆就能躲開。

列維指出，從現存結構來看，這「狼」的上下半身之間缺少了一段。大概它缺失的身體是被別的生物吃掉了……很可能是艾希莉幹的。

「狼」已經算相對完整了，更多的是難辨原形的碎肉。其中有不少還在一鼓一鼓地動，也不知是神經反應還是真的還活著。

從一路上的經驗來看，這個地方的怪物好像真的不會死，但這種「不死」並不意味著無損。它們可以被擊傷，可以被嚇退，會因為切割而損失形體，也可以因為被別的生物吞噬而消失……頭或心臟都不是它們的要害，它們可以被毀滅，卻不會出現常見概念中的「死亡」。

列維用斧頭戳了戳腳邊凝事的屍塊，從背包裡找出小瓶，取了一塊肉當樣本放了進去。一回頭，他發現萊爾德也在幹同樣的事情，而且用的是瑞士軍刀上的小剪子。

「你竟然沒有吐。」列維感嘆道。

萊爾德把塞好的小瓶放回手提箱裡，「我早就想這樣做了，但之前太緊張，沒時間，也不敢停下來。」

列維問：「你以前經常見到這樣的場面嗎？即使是普通人類幹的。」

「不常見。其實我一直在忍耐噁心，只是沒有吐而已。我是一個非常內斂的人，看到噁心事物的時候也會保持體面，只會默默難過，不會嘔吐。」

列維嗤笑了一下，繼續向前走。萊爾德用力眨了幾下眼，捏了捏眉心。

其實萊爾德沒說謊，他確實覺得這一切都很噁心。據說深呼吸能夠平穩心緒，但他完全不想在這樣的空氣裡深呼吸。他決定還是說點什麼，說話能轉移注意力。

「我一直在想，艾希莉竟然這麼厲害嗎？她受了那麼重的傷，就算因為吃東西而成長了……那她怎麼成長得這麼快？正常來說，就算有人給她一種超能力，她恐怕也得訓練一段時間才能運用自如吧？」

列維說：「她從人類變成四隻手的模樣，也才用了不到一個月的時間。也許越是變得奇怪，繼續變化的速度就越快。」

「那些被剝皮的人好像就沒什麼『成長』，」萊爾德說，「艾希莉稱它們為居民，它們肯定在灰色森林裡存在了很長時間，怎麼就不會在被傷害後迅速成長？」

仔細一想，這些怪物好像都挺欺軟怕硬的。紅色怪物圍攻過艾希莉和羅伊，但當面對嵌合人的時候，它們就幾乎沒有還手之力。萊爾德開槍打中其中一隻的時候，它沒有死，也沒有馬上反擊。它們害怕嵌合人，也害怕「成長」後的艾希莉和羅伊，面對子彈的時候，它們相對來說也並不算特別英勇。

還有，瑟西講述她遇到的東西時，說它們會跟蹤她、觀察她，但似乎不會主動攻擊。一旦瑟西打中了其中的某隻，剩下的就更加不敢靠近。這感覺就好像是……

「怪物……」萊爾德輕輕說。

列維回過頭，「什麼？」

萊爾德說：「你還記得艾希莉說的那些瘋話嗎？她說過『怪物』這個詞。我突然覺得，也許這不是謾罵，也許我們確實是怪物。」

列維背對他繼續向前走，想了想，說：「有道理。我們覺得它們是不可理解的生物，說不定它們看我們也一樣。」

萊爾德說：「列維，想像一下，假如你是一個人類……」

「我本來就是，謝謝。」

「噢，我是說，假如你是一個普通人，」萊爾德接著說，「週六晚上你在街區裡夜跑，突然在路燈下遇到一個從沒見過的生物，對方看起來……反正你就想像一個特別怪的東西吧，任何你看過的怪物都行。這時你會是什麼反應？」

列維挺認真地想了想，問：「我有武器嗎？」

「沒有！你在夜跑呢。」

「我至少應該帶一把防身的槍。我肯定會這樣做。」

萊爾德一手扶額，「你根本沒有認真想像！這種反應一點也不『普通』！一般人看到怪物，或者看到手拿電鋸的壯漢，他要嘛在原地嚇傻，要嘛慌亂逃命，要嘛試圖溝通，如果確定逃不掉了，也許還會拚死一搏。如果那怪物根本沒有動彈，或者雖然有動作卻完全沒有注意你，那麼你也許會壯著膽子多看兩眼，膽子大的人說不定還會跟上去繼續觀察。」

列維點點頭，「嗯，差不多吧。所以呢？」

萊爾德說：「你不覺得嗎？沒皮的『居民』對我們的反應，就像我們假如看到怪物時的反應。它們大多數比較謹慎，人多勢眾時則變得很勇猛。而艾希莉、羅伊和那個灰色獵人都不一樣，它們有極強的攻擊欲望，比別的怪物主動很多。他們三個都是從『進門』的人變化而成的。」

「沒有皮的怪物說不定也曾經是這樣。」

「或許吧，但它們給人的感覺很不一樣，你不覺得嗎？而且，灰色獵人來到這世界那麼久了，連他都認為它們是一種原住民。」

列維放慢腳步。萊爾德的話讓他眉頭輕顫了一下，但他沒有馬上說出內心的疑惑。

他問：「那麼峽谷裡的紅土地呢？它又算是什麼？我看它的攻擊欲望也挺強的。你認為它也是某個人類變成的嗎？」

萊爾德說：「我不知它是怎麼來的，只知道它存在了很長的時間，經歷了無數種成長，已經變成我們不太能理解的結構了。而且，它的攻擊欲望並不算很強。」

「那麼凶殘，攻擊欲望還不強？」

「確實不。它並不是時時刻刻都在吃人，它平時安靜得很，只在需要進餐時惰性進食……鯨魚吸入磷蝦的時候，如果磷蝦能發言，牠們會怎麼說？牠們也會覺得鯨魚的攻擊欲望太強。可是鯨魚根本不覺得自己攻擊了誰。」

列維撇撇嘴，沒有評價這個比喻。

萊爾德繼續說：「比起那些怪物，艾希莉、羅伊和嵌合人顯然很不一樣。據艾希莉所說，羅伊的精神一直不穩定，甚至沉迷於獵殺。而艾希莉……她一開始還保有原來的意識，現在也變瘋狂了。還有嵌合人也是，顯然它對我們並不友善，而且比紅色怪物的膽子大很多。對待羅伊和艾希莉時，它可以幫助快被吃掉的他們，還順手幫他們『健康地』成長為怪物。而他們一旦與我們接觸，並且越來越有找回人類意志的傾向，它就開始獵殺他們。」

列維說：「嗯……所以，也許其他怪物的來歷與他們不一樣？」

「我只是模模糊糊地這麼想，沒什麼根據。」萊爾德抬手指指越來越近的方尖碑，「我們快到了。也許它真的是某種線索，能幫我們找到答案。」

「萊爾德，」列維走近他身邊，和他肩並肩，「聽你這麼一說，我產生了若干個疑問……」

「你問吧，但我不一定能答對，還很可能會誤導你。」

「第一，你為什麼會知道谷底紅土地究竟是什麼東西？」

萊爾德嘆了口氣。之前肖恩也問過類似的問題，他也說不上來到底是為什麼。好在肖恩很快就被別的東西轉移了注意力，沒有繼續追問。

他還沒找到合適的回答，列維又問：「第二，你怎麼能肯定，灰色嵌合人也曾經是人類？」

萊爾德一愣，下意識看向列維。列維面無表情地盯著他，兩人眼神正好對在一起。萊爾德心虛地移開目光。

他不禁腹誹：我真是傻，列維．卡拉澤才是最應該心虛的人，他早就知道嵌合人的身分，但他什麼也沒提。

列維又問：「第三。你被嵌合人抓住了，它沒有傷害你。它真的是因為善良或憐憫而沒有傷害你嗎？還是它對你另有打算……」

萊爾德嘆著氣搖頭，「那時我的意識不太清晰，我……」

列維沒有讓萊爾德把話說完。他突然停下腳步，抓住萊爾德的手臂，把迴避著目光繼續向前走的萊爾德拉回身邊。

列維盯著他，「第四個疑問，你剛才說的那些東西……都是嵌合人告訴你的嗎？」

被死死鉗住手臂的感覺讓萊爾德十分不適，他不悅地盯著列維，想掙脫他的手，但沒有成功。

列維記得萊爾德很排斥肢體接觸，但他沒有放手，還用另一隻手扣住萊爾德的肩膀。

「有些問題，之前我就很想問……」列維說，「但是當著那兩個小孩和瑟西的面，我們不太方便討論這些。現在我們好好聊聊。」

列維這樣說的時候，萊爾德的身體越來越緊繃，他一隻手按著胸口，畏縮地低下了頭。

列維問：「它還告訴你什麼了？」

萊爾德小聲囁嚅著：「呃，先放開我……」

列維說：「萊爾德，你想送傑瑞和肖恩回家，也想幫瑟西找到女兒，對吧？也許你獲知的東西裡就有線索，所以你得把它們說出來。這是為我們大家好……」

他的話還沒說完，萊爾德的身體突然開始顫抖，然後整個人癱軟下去。列維一驚，立刻扶住他的肩膀，緩緩蹲跪下來。

萊爾德的頭靠在列維的臂彎裡，表情驚恐，甚至略顯猙獰。他緩緩抬起手，抓向額頭，做出狠狠撕掉什麼的動作，然後猛地歪頭，瞪大雙眼，死死盯著列維。

「你不是實習生。你是誰？」

SEEK NO EVIL

CHAPTER SIXTEEN

【烏鴉】

實習生泡好咖啡，坐下來戴上耳機，按下答錄機的播放鍵，被暫停的錄音繼續播放，耳機中傳出導師的聲音。

錄音的前半段是實驗過程記錄，現在播放的後半段是導師的總結。實習生翻過一頁已經寫滿的紙，熟練地記錄出接下來的字句。

二〇〇二年四月四日，下午三點十分，第二十九次完整認知探查，已結束。

受試人目前狀態：

急慢性疾病：無。精神與認知：正常。形體：完整。是否適宜繼續接受探查：是。

探查開始時受試人對提問有反應，能對外界給予的刺激給出有效且準確的回應，三分二十五秒後，受試人不再回應提問，對外界刺激仍有回饋，但反應明顯過激，出現定向障礙。反應與以往探查中的表現總體一致，略有加重趨勢，應在後續探查中繼續觀察。

進入受探查狀態五分鐘後，受試人開始主動描述所見，內容與已記錄探查結果一致，僅有少量的用語差別。本次探查無明顯進展。

另：根據監控顯示，受試人在臨床上被長期檢測到腦波節律的結構破壞，受試期間亦未見好轉，每次受試時未見明顯區別。

在非探查狀態下，受試人能夠正常處理符合其年齡之能力的事務，與人溝通流暢，態度友善。這一點與其診斷結果呈現輕微相悖，即受試人並未出現與檢查結果對應的臨床症狀，目前尚無解釋。

照例已附上本次探查全程錄音。

下一次認知探查時間：未定。

先這樣吧，你找個時間……

最後那句就不用記了。實習生按掉錄音，取下了耳機。他盯著燈下泛黃的紙張，檢查了一下記錄，把它和另一卷小型錄音帶塞進牛皮紙信封裡。一份紙質記錄，一份錄音拷貝。

實習生起身走出房間。他本來應該直接走向樓梯口，卻忍不住回頭向樓道盡頭瞭望。萊爾德．凱茨的病房在那邊，現在那孩子肯定還沒睡，不是在寫日記就是在偷偷聽歌。

去年耶誕節時，實習生送了他一臺 iPod，裡面存了不多的幾首歌。萊爾德非常滿足，並且經常為此連日記都忘了寫。

實習生想著，今晚得去把那個小電子產品要回來充電。病房裡沒有能供病人自由使用的電源插座。

實習生下了樓梯，離開破舊的矮樓，進入主院區，在大樓側面的花園裡找到了信使。

信使平時是醫院的警衛，他為學會服務了幾十年，熟知流程，每到需要的時間，他就會在這裡邊抽菸邊等待。

交接工作的次數多了，實習生的話也漸漸多了起來。上次見面的時候，他讓老警衛抽菸時注意安全，不要被醫院工作人員發現。老警衛笑了起來，說實習生和別人很不一樣，別人要嘛一起抽菸，要嘛勸人少抽，而他勸人的理由竟然是「別被醫院的人發現」。

借這個機會，實習生和老警衛聊了一下。他提到，醫院裡的普通醫生見到他時，總是驚嘆「你怎麼這麼年輕」，這一點經常讓他提心吊膽，擔心引人懷疑，好在他有一份看起來能解釋年齡的合法履歷。

老警衛那時說：即使不和真正的醫生相比，而是和別的見習導師相比，你也算是特別年輕的了。帶你的導師看起來和我年紀差不多，別的見習導師至少也得有三十歲左右，像你這麼年輕的人，大多數都還在封閉受訓。獵犬和信使裡倒是有不少年輕人，在導師裡可太少見了。

他說得沒錯，連實習生自己也覺得稀奇。封閉受訓的時候，他是直接被導師指名帶出來一對一進修的。比起另外幾名受訓者，他並不知道自己的特別之處到底在哪。因為那次閒談，他和老警衛的關係變得自然了很多。他們變得更像是普通的熟人，而不是導師助理和信使。

今天，實習生照例把需要傳遞的資料交給信使——除非在封閉的內部辦公環境中，否則學會從不使用網路或郵政來異地傳遞信件，他們依靠的都是自己的信使。警衛收下東西，照例靠在牆邊和實習生聊了幾分鐘。

當實習生說起「關於萊爾德·凱茨……」時，老警衛連連擺手：「停，停。不能和我聊這個話題。」

「好吧，」實習生想了想，「你知道今天晚餐時間有個病人突發癲癇，還咬了護工的手嗎？」

「哦，知道。那個護工還和我挺熟的。」

「我聽說那個病人有意識障礙什麼的，病情很複雜，而且偶爾有攻擊性。」

「是啊，怎麼了，為什麼說起她？」

實習生想了想，「如果有一個人，他的很多檢查結果都與她非常相似，但他卻沒有像她那樣的臨床表現，你覺得這正常嗎？」

老警衛嘆了口氣，「我不是醫生，我不懂這些……還有，我真的不能和你討論萊爾德。」

實習生尷尬地笑了笑，徹底放棄了這個話題。

又聊了一下後，老警衛與實習生告別，拿著東西去了停車場。他作為醫院警衛的休息日「正好」開始了。

實習生回到主院區後面，一抬頭，正好看到萊爾德住的病房窗戶。萊爾德趴在窗臺上，隔著玻璃與鐵柵欄，對他揮了揮手。

實習生快步走進矮樓，準備去幫萊爾德充電播放機。他暗暗想著：現在導師幾乎無法從萊爾德身上探查到更多東西了，而且，因為能從萊爾德身上診斷出一些腦病特徵，所以導師無法確定探查到的東西是否具有價值。如果這樣的情況繼續下去，也許導師就會放棄繼續對萊爾德進行探查……

實習生很希望萊爾德能繼續保持這種狀態，最好不要讓導師有什麼新的發現。多堅持一段時間，導師就會將萊爾德判斷為「無研究價值」，那時萊爾德就自由了。

為了達到這個目的，實習生也對導師隱瞞了一些事情。

儘管他也對那些事感到不安，也非常想得到答案，但他還是沒有向導師彙報。

從大約第十幾次探查後開始，萊爾德經常用極為驚恐的眼神看著他。起初，實習生以為萊爾德是在害怕記憶中浮現出的事物，或是探知時用的符文共鳴引起了肉體痛苦……後來通過一次次觀察，他逐漸確定，萊爾德的眼神就是針對他的，而不是對別的東西。

每次探查結束後，導師會暫時離開去收拾東西，留下實習生負責觀察和安撫萊爾德。

萊爾德的「惡夢」已經暫時告一段落，他平靜下來，先經歷短暫的昏睡，然後會漸漸甦醒，就像經歷了一次不夠安穩的午睡。

萊爾德會慢慢睜開眼，迷迷糊糊地看看四周，然後要嘛快速恢復神志，乖巧地詢問「治療結束了嗎」，要嘛會在看到實習生時露出驚恐的眼神。

這眼神轉瞬即逝，接下來，萊爾德會徹底清醒，並且忘記之前的所感所見，就像人們會忘記夢境一樣。

今天下午，探查結束後，實習生照例留下觀察萊爾德的情況。然後出乎他意料的事情發生了。

萊爾德順利醒來，渙散的眼神移動到實習生身上之後，立刻變得充滿敵意與恐懼。與以往不同的是，萊爾德眼中的驚恐沒有馬上消失，而是持續了好長一段時間，這段時間內，他還小聲地問：你不是實習生，你是誰？

實習生一開始誤會了這個問題，還以為這孩子指的是「你不是真正的實習醫生」。反正導師不在，實習生甚至誠實地回答：我確實不是，但我不能告訴你我的名字，這是規定。

然後，萊爾德陷入嚴重的驚恐，開始語無倫次，有時小聲自言自語，有時大哭著喊救命，還用雙手不停抓著胸口的衣服，像是打算挖開皮肉又辦不到一樣……這狀態大概持續了一兩分鐘，在引起別人的注意之前，萊爾德終於平靜下來了。

他緊閉的眼睛再睜開，望向實習生，眼神裡有一種「幸好只是夢」的解脫之意。

實習生猶豫過要不要把這件事告訴導師，最後他決定不說。如果將來導師親自發現了，那他就假裝也是第一次遇到，如果導師從沒發現，那就更好。

萊爾德本人大概也不知道這一切。每次探查後，導師都會照例對萊爾德進行記憶干擾，這孩子的腦子一片支離破碎，連剛剛經歷過什麼都不太清楚。他不會記得自己在探查中重走了哪些回憶裡的路徑，不會記得惡夢中重現的場景，更不會記得自己是如何慘叫和掙扎的。他也不會記得意識模糊時的所見所感。無論是探查剛結束的那幾分鐘，還是從正常睡眠中剛醒來的模糊時刻。

他會忽略一切在「朦朧狀態」下產生的記憶。導師說，這也是記憶干擾的副作用之一。

實習生走到萊爾德的病房前，隔著門，聽到房間裡傳來哼歌的聲音。

萊爾德趴在窗戶上，塞著耳機，跟著音樂哼唱，唱得完全聽不出曲調，只能認出歌詞：**她的心為蒂芙尼扭曲，她開著梅賽德斯賓士，她擁有很多非常漂亮的小伙子……**

實習生認出這是一首很老的歌，他小時候聽過。歌是他選的，他不知道現在的年輕孩子都聽些什麼。在別人眼裡他也很年輕，但他確實不知道那些。

「蒂芙尼是誰？」實習生推門走進去。

萊爾德飛速拔下耳機，轉身發現來人是誰後，他立刻放鬆下來。

「嘖，你一定是個書呆子，你連蒂芙尼都不知道，那是……」他可疑地停頓了一下，「她是很多年前的美國小姐，當年很多男孩子的夢中情人。」

實習生笑了笑，「你真以為我不知道它是珠寶品牌啊？」

「那你還問我！」萊爾德胡說八道未果，一臉不悅地把 **iPod** 丟在床上，「行了行了，去幫我充電！」

「逗你而已。小騙子。」

列維不知道該怎麼辦。

萊爾德躺在他的臂彎裡，說了一句莫名其妙的話，然後就迷迷糊糊地睡著了。

和上次有點相似。在懸崖邊的時候，萊爾德也曾陷入驚恐並且胡言亂語。他認為自己還在精神病院裡，那次他似乎也提到了「實習生」這個詞。

列維在萊爾德耳邊打了下響指，又拍了拍他的臉，他沒反應，顯然這不是睡眠，是昏迷。

一個被揍腹部、被皮帶抽腿、被電擊都毫不畏懼的人，被人抓著手臂逼問了幾句，竟然就臉色蒼白地昏了過去……這簡直是一個喜歡玩極限運動的豌豆公主。

正在思考該怎麼辦的時候，列維忽然感覺自己正在被什麼注視著。他猛抬起頭，前方不遠處，一道黑色的人影站在方尖碑下，與影子幾乎融為一體。

那人察覺到列維的目光，緩步向他走來。

列維把萊爾德放在地上，站起身，一手握緊斧柄，一手悄悄摸向腰後的槍。

距離他十米左右時候，那人停住腳步。在這距離下，列維終於看清了對方的樣子。

那人全身都包裹在黑布條中，就像一具綁著黑色繃帶的木乃伊，他戴著鳥嘴面具，就像古時候醫生戴的那種。面具是金屬製成，上面鏽跡斑斑，覆蓋住整個面部，眼睛的位置繞著黑繃帶，把面具和頭顱緊緊綁在一起。

黑繃帶人十分恭敬地後撤一步，行了一個誇張的古典躬身禮。

隨著他的動作，方尖碑的影子似乎在一瞬間伸長了不少，完全覆蓋住他，影子的邊緣就在列維面前幾步遠的地方。

「你是什麼人？」列維問。

黑繃帶人從躬身禮中直起身體。他的聲音不是從面具下方，而是從地面的影子裡傳了出來，「恭迎您的到來，觸摸真理的拓荒者。信使雷諾茲前來為您服務。」

列維有些驚訝。「第一崗哨」的傳聞竟然是真的。

「第一崗哨」是學會內部流傳的逸聞，連最資深的導師們也無法保證它一定存在。學會正式承認的內部歷史起源於十九世紀，在這之前，就存在有關於「第一崗哨」的傳聞了。

學會成立以前，也一直有大量科學研究者和神學家組成團體，探索隱密的真理，世世代代為此奉獻人生。早在中世紀晚期，就有人成功觀測並記錄了「高層」的出現，並試圖接近並探索。

「高層」並非指領袖或貴族，而是「更高之洞察層次，超於人類視野」之意。在中世紀，抱有這種追求的人足以被燒死好幾次，所以當年的學者們也很難留下內容明確的相關著作。儘管如此，仍有很多典籍側面描述了與此有關的目擊事件，甚至是探索記錄。由於年代久遠，後人難以分辨其中哪些是文學虛構，哪些是真實記錄。

其中也有些典籍的情況較為特殊，書寫者的經歷也許是真實的，但最終呈現的內容卻過度結合了神話與宗教元素，形成了想像產物，而不是客觀記述。因為書寫者會受到自身信仰和精神狀況的限制。

學會正式設立以後，導師們在進一步探尋真理的同時，也不斷回顧著所有流傳至今、保存完好、翻譯明確的相關典籍。他們發現，大多數記錄都不約而同地出現過這樣的描述：已經有拓荒者成功接觸並進入了「高層」，但他們不知為何一直無法回到原社會，也很難與原社會取得聯繫。

這種描述很可能只是善意的猜測和祝願，所以學會並未完全採信。不過，學會很認可這種思路，並正式制定了「崗哨」這一規章：每個拓荒者都有義務尋找或設立崗哨，以便更好地進行探索，並迎接後人。

在學會的發展過程中，導師和獵犬們把傳聞中最早設立、一直存在的集合地稱為「第一崗哨」，並且要求每一個後來的拓荒者都盡可能去尋找它，因為那裡可能沉澱著從古至今每一位拓荒者留下的資訊，收納著他們能奉上的所有真相。

學會的大部分成員都聽說過「第一崗哨」，但並不是所有人都相信它真的存在。大家覺得這就像「月球後面的太空基地」一樣，雖然有一點可能，但多半只是個有趣的猜想。

直到十九世紀中期，學會監控到一件值得注意的案例，它依稀證明了第一崗哨的存在：一名中年男子失蹤多日，當時大眾以為此人遭遇意外，學會內部認為他的失蹤頗有蹊蹺，很可能與不協之門有關。沒過多久，他竟然順利歸來，也許說「順利」並不準確，他雖然沒有形體上的缺損，精神卻已經破碎不堪。

在他彌留之際，他的瘋言瘋語中有許多令人驚訝的細節，有些完全符合古籍中對「高層」的猜想，還有些描述了「第一崗哨」的特徵。甚至，他還提到了一個名字，與學會幾十年前招募的第一位信使同名。那名信使身分特殊，是第一個在學會正式成立後進入不協之門的拓荒者。

儘管透露出種種訊息，但那個中年男子並不是學會成員，而是一名作家。他的敏銳程度極高，曾經引起過學會的注意，有數個學會成員祕密地接近他，並以普通友人的身分與他來往，但他並不知道學會的存在。

對外界而言，此人臨終的種種表現只是癲狂症狀，而對學會而言，他提供的線索卻極為珍貴。遺憾的是，學會無法得知他究竟是如何「回家」的，無論是通過言語詢問，還是利用催眠手段，他崩潰的心靈都無法給出明確答案。

列維讀過一些相關的非機密文檔，並且知道資料中「第一個信使、學會成立後的第一個入門人」的名字。雷諾茲，就是眼前戴鳥嘴面具的人自稱的名字。

除此之外，「方尖碑」這一概念也曾在古籍中無數次出現，有些被記錄為可見的實體，也有些被認為是修辭上的比喻。所以，當遠遠看到方尖碑時，列維立刻就想到，這是他必須前往的方向。

戴鳥嘴面具的人如果真的是「信使雷諾茲」，那麼他在此處駐留的時間肯定已經相當長了。

「你是哪一年出發的？」列維問。

雷諾茲動了動頭，沒回答，雖然有面具的遮擋，列維還是能感覺到他的目光似乎向著地面。

片刻後，地上的影子裡發出聲音，「過於久遠，我的頭腦不夠清晰，實在難以回答。但這不重要。」

列維說：「我是出於謹慎才問的。你說話時幾乎沒什麼口音，這讓我覺得很不真實。如果你來自與我不同的時代、不同的地區，我應該能從你的言談中聽出不同味道。」

「啊，關於這一點……」雷諾茲說，「你應該已經感覺到了，現在，並不是我在說話。」

他慢慢抬起手，用裹滿黑布條的手指指著地面。

列維點了點頭。

雷諾茲說：「我並沒有說話。我沒有辦法以喉嚨、以口腔來對你說話。我只是讓你感知到我在與你溝通。你聽到的，是我的溝通，而不是我以發聲器官構成的聲音。」

列維問：「你是怎麼辦到的？」

信使認真思考了片刻，才做出回答，「抱歉，我無法解釋。並非保密，而是我沒辦法解釋自己不瞭解的原理。正如……哺乳動物懂得吸吮乳汁，它們掌握得十分熟練，也深知自己的欲求為何。但如果詢問一個嬰兒『你是如何做到的』，它無法作答。」

「它」。列維稍稍思量了一下這個用詞。至今為止，他見過的信使少說也有十幾人了，但面對這位第一崗哨內的信使，即使身為獵犬，他也會產生一絲幽微的畏懼感。

列維又轉念想，也許不該思考太多，應該以對待信使的普通態度來應對。於是他問：「導師對我們有什麼指示？」

「崗哨內的一切，您能領會的一切，均為指示。」

列維並不是很能理解這句話。他問：「接下來我要怎麼做？」

雷諾茲再一次躬身行禮，手掌指向方尖碑影子的邊緣，「您的鑰匙可以打開崗哨大門。」

列維從領子裡摸出了獵犬的銘牌。雷諾茲對他點了點頭。

列維看了一眼地上的萊爾德。他只是在想是否需要扛著他走，還是拖著就行……信使大概誤解了他的意思，立刻對他說：「請帶著您的旅伴一起，他也是已被崗哨接受的拓荒者。」

這話反而讓列維疑惑了起來，「被崗哨接受？」

雷諾茲說：「崗哨隱藏在視野之外，很難被察覺，而我們只主動接觸有資質者。」

列維回頭看了看他們來時的路。這麼一想，並不是傑瑞、肖恩和瑟西消失了，那三人還在原地，是他和萊爾德消失了。

「這個人不是學會成員。」列維把槍和斧頭固定好，從地上拽起昏迷的萊爾德，把他的一條手臂架在肩上，「他也有『資質』？」

「是的，」信使向後退了一段距離，似乎是為了給列維留出空間，「他有著在不同層次的視野中穿梭的罕見資質，猶如……我的某位舊友一樣。」

列維帶著萊爾德向前走了幾步，再邁出一步，他們就會踏進方尖碑投下的陰影裡。

他隱約聽到了一種雜音，像是鑰匙插入鎖具喀嚓作響的聲音。如果仔細聆聽，聲音並不真的存在。

他走進影子中，同時望向方尖碑。他突然意識到，天空是如此暗淡的灰色，竟然也可以投下邊緣銳利的漆黑影子。

列維翻了個身，睜開眼睛。

他竟然是躺著的，剛才是側臥，現在變成了仰面朝天。他仔細回想了一下，最後的印象是自己望向方尖碑，感慨地面上的影子……然後他就在這裡醒了過來。他感到頭腦清爽，體力充沛，完全是睡了一場好覺。

周圍搖曳著幽微的火光。他稍稍支起身體，看到一面石磚牆，緊貼牆角的地上燃著一簇簇白蠟燭。

牆上用黑漆刷了一行粗粗的字：**勿視自我**。

列維盯著它好一段時間，無意識地自言自語：「這是什麼意思……不能看自己嗎？」

周圍安安靜靜，沒人回答他。那個戴鳥嘴面具的「雷諾茲」不在這裡。在爬起來的過程中列維必然要看到自己的身體，這讓他不禁又看了看牆上的「勿視自我」。

好在他的身體一切正常，沒什麼不妥，連衣服都沒怎麼弄髒。他站起來看了看周圍。這是一條低矮甬道的盡頭，甬道的寬度長於高度，延伸向一眼望不見盡頭的黑暗中。

他掏出追蹤終端機，上面只能顯示萊爾德的標幟，伊蓮娜的標幟再次消失了。相對位置顯示，他們仍然在外面那片亂石嶙峋的區域，沒有移動太多。

萊爾德在他身旁不遠處，貼著一邊的牆壁，側躺蜷著腿，雙手攏在身前，發出均勻的呼吸聲，睡得十分香甜。

趁著萊爾德還沒醒，列維從背心口袋裡摸出一條藥。當初學會通過信使交給他的皮夾裡有無墨筆，還有這樣兩條共十二粒藥。列維手裡這條藥還剩四片，他已經用掉兩片了。

第一次用藥是在進門之後不久，趁萊爾德沒發覺的時候。第二次他沒吃，他不小心把藥片弄丟了。當時是在谷底，他們面對著灰色獵人和凶殘的紅土地，他已經把藥片握在了手裡，卻因為種種意外而沒來得及吃。藥片落入地面，隨著無皮怪物的屍體一起被吞噬了，也不知它對食人紅土有沒有效果，多半是沒有，畢竟才這麼點劑量。

列維考慮著，要不要再吃一片。

照理來說，從現在開始他應該盡可能保持清醒，而不是讓感官變得遲鈍。他找到了第一崗哨，遇到了自稱雷諾茲的信使，這是完全在意料之外的重大收穫。但他又擔心接下來會遭遇什麼，也許會遇到他無法面對的意外……如果他因此而變得精神不穩定，就很難再繼續追尋伊蓮娜的行蹤了……

按照教學中的要求，這種藥的攝入方式是按需應急服用，不必定期，如果一定要連續服用，四十八小時內不得超過一次，每次的服用間隔越長越好，不建議連續服用。如果短時間吃得太多，或者長時間大量攝入，人的精神反而有可能遭受不可逆轉的傷害。

在峽谷下，列維差點就超量了一次，雖然浪費了一片藥，也許反而挽救了他的健康。

列維考慮了片刻，決定還是先不吃藥了。他對自己做了幾項認知上的測試，能確定自己狀態正常，沒有受到之前那些遭遇的影響，那麼他暫時應該不需要藥片。

他望向萊爾德——也許應該偷偷給萊爾德餵一片藥，因為萊爾德的精神狀況顯然非常不正常，他肯定受到了灰色怪物的某種影響，但他自己也說不清其中的門道。

給他吃藥可以幫他穩定心神，在一定時間內，他將能夠自然地接受任何發生在自身和外界的事情，也許還能平靜地回憶一下與灰色獵人的溝通過程……

列維坐到萊爾德的腦袋旁邊，意識到自己沒辦法「偷偷地」餵人吃藥。他有辦法強迫別人把嘴裡的東西吞嚥下去，但對方肯定會發覺，不但能發覺，還多半會掙扎著叫喚。萊爾德本來就害怕肢體接觸，還有住精神病院的經歷，如果他在睡夢中驚醒，發現自己被人抱著塞藥片……他搞不好真的會當場瘋掉，連藥都來不及吞下去。

列維忍不住笑了笑。他想像出的畫面並不悲慘，甚至還有些滑稽。

那就只好先叫醒萊爾德，然後找個機會騙他吃藥。反正他腿上的傷還沒好，可以說成是給他抗生素什麼的。

列維打定主意，叫了萊爾德一聲，拍了拍他的臉。萊爾德蠕動了兩下，換了個更舒服的姿勢繼續睡。列維又更大力地拍他，看他沒反應，又捏他的耳朵，萊爾德在睡夢中煩躁地哼哼了幾聲，用一隻手抱住頭，擋住對著列維的側臉。

列維一把揪住他的衣領，把他從側躺的姿勢直接拽成仰面朝上。「醒醒！」列維的聲音和動作都夠大了，「你休克了嗎？」

這下萊爾德醒了。他猛地睜開雙眼，還輕抽了一口氣，看起來應該是被嚇醒的。

列維並不感到抱歉。他剛想問些什麼，只見萊爾德的表情忽然變得很痛苦，眉頭越絞越緊，在睡夢中還正常的臉色瞬間變得煞白。

列維問他怎麼了，他沒有回答。這次萊爾德沒有說莫名其妙的話，也沒有像之前那樣疑似變回十歲，他的表情越發扭曲，身體開始顫抖，喉中壓抑著微弱的呻吟，似乎陷入極度痛苦，又因為太痛苦而無力出聲。他的手先是在地面上亂抓了幾下，然後來到胸前，死死揪著衣服的布料，用力到指節泛白，就像要撕開自己的身體一樣。

列維想到了心臟病或者癲癇。他抽出皮帶，捏住萊爾德的下顎，掰開嘴巴，把折疊起來的皮帶塞進牙齒和舌頭之間，然後抓住萊爾德的手壓到一旁，防止他過度壓迫自己的胸口和咽喉。

萊爾德的掙扎力度漸漸弱了下來，但嗚咽和顫抖還未停止。他的視線並沒有看向列維，而是完全陷入了失神狀態。

獵犬的培訓課程包括簡單的應急包紮和心肺復甦，但並不包括診斷和處理各類奇怪的症狀。列維只能憑大致經驗行事，並不知道自己的處置是否正確。

萊爾德到底怎麼了？他為什麼要抓緊胸口？是什麼讓他如此痛苦？是他有會急性發作的慢性病，還是身上有什麼至今未癒的舊傷？

這讓列維忽然想到之前的事，萊爾德不僅害怕肢體接觸，還很害怕被人看到身體。在汽車旅館裡的時候，列維拿著衣服推開浴室的門，萊爾德像猴子一樣飛快地跳進了浴簾後面。

還有，在方尖碑不遠處，列維故意按著萊爾德的肩膀問話，當時萊爾德也是一手按住心口，露出極為不適的神情。

想到這些，列維決定檢查個明白。他一手繼續按住萊爾德，一手解開黑色長袍的衣領，以及下面的鈕釦。

萊爾德的黑長袍完全敞開之後，列維又開始解下面襯衫的釦子。中途萊爾德好幾次又伸手過來，但不是要阻止列維，而是痛苦地抓摳自己的胸口。因為他掙扎得太厲害，列維決定先按照原計畫餵他一片藥。這藥並沒有鎮痛效果，但可以讓他平靜一些。

列維捏著萊爾德的臉，從他嘴裡取出皮帶，迅速將藥片塞進舌根處，然後將他的下顎往上一提。從喉結的滾動來看，萊爾德順利地把藥吞下去了。

在這過程中，萊爾德竟然哭了出來，也許只是吞嚥反射造成的生理性流淚，也許是他的意識又一次回到了精神病院時期……列維也分不清到底是哪個原因。

藥片真的有用，不到一分鐘，萊爾德的掙扎不那麼劇烈了，他仍然閉眼皺眉，呼吸淺而急促。

列維解開他襯衫的鈕釦，希望這能讓他的呼吸順暢些。襯衫已經被汗水浸透，摸起來卻幾乎沒有熱度，像是從冷水裡撈出來的。

列維做好了看到任何奇怪傷痕的心理準備，比如舊槍傷、貫穿傷，甚至可能是學會導師在調查時留下的符文之類的……但並沒有，什麼都沒有。

萊爾德的胸前沒有任何異常，只有幾道紅痕，是剛才他自己亂抓造成的。

列維把他的襯衫衣襬又拉開一點，這才看到了一道疤痕。疤痕位於左肋，看起來是很久以前留下的。列維想了想，把襯衫完全剝了下來，果不其然，這下他看到了更多的傷痕。

萊爾德的身上有數不清的疤痕，有新有舊。舊的變成了淺淺的白線，新的也已經癒合，但能看出應該是近期留下的。傷痕大多數位於軀幹上，遠離脖子和前胸，身體前側和左側的比右邊的多一些。

列維把萊爾德推成側躺狀態，檢查背部，背部沒有疤痕，萊爾德上半身的疤痕基本上都集中在軀幹和左臂上，左臂上尤其密集，都不致命。右臂沒有疤痕，萊爾德慣用右手。

剛看到左肋的疤時，列維還在猜想這是不是醫院虐待病患的證據……現在看來並不是。從疤的方向和位置來看，這些應該都是萊爾德自己幹的。

雖然列維還沒脫他的褲子，但能猜到他的大腿上多半也有傷——在凱茨家的浴室裡，萊爾德想用疼痛提高感知力，他不願脫褲子，堅持要求列維用皮帶打他的小腿。想到這一點，列維把萊爾德的褲腿捲起來，查看他小腿上的傷。痕跡的紅腫還在，沒有發炎，也沒有從傷痕裡長出任何奇怪的東西。

列維把萊爾德的褲管整理好，再替他穿回襯衫和黑長衫，還特意調整了槍帶的位置，做出似乎根本沒有人動過他的假象。

替萊爾德扣胸前的釦子時，列維的手腕被「啪」的一聲抓住了。他抬頭一看，萊爾德睜開了眼，面無表情地盯著他。

「你醒了？剛才你怎麼了？」列維問。

萊爾德的眼神很清醒，而且非常平靜。他沒有再掙扎，也沒有因為周圍的環境變化而驚訝。也許是藥的效果。

「你在幹什麼？」萊爾德沒有回答，而是反問列維。

列維面不改色地說：「剛才你一直捂著胸口，似乎是呼吸不暢，所以我想……應該幫你解開釦子。」

萊爾德的表情有點僵硬，狀態可謂介於疑惑與遲鈍之間。他放開握著列維手腕的手，自己把剩下的釦子扣上，慢慢爬起來，靠牆坐好。

他深呼吸幾下，撫了撫胸口，看向列維，「列維．卡拉澤先生，我想告訴你一件事，其實，從你對我吼『你休克了嗎』的時候開始，我就醒了……」

列維抿了一下嘴，「嗯？你是在做夢吧？我沒說過這句話。」

「你說了。你還拍我的臉，扯我耳朵，」萊爾德說，「那時我已經被你嚇醒了，只是沒辦法回答你。」

列維一臉關切，「你出現幻覺了吧？要不然就是一時分不清夢和現實。你剛醒過來，我沒有做過你說的這些事啊。」

萊爾德一手捂眼，「你是把我當智障兒童騙嗎！我真應該隨時帶個錄音筆，而且得隨時開著……」他的表情比剛才生動了很多，「你這個人，到底是怎麼回事？還有，你餵我吃了什麼？」

列維回答得毫不猶豫：「止痛藥。」

「真的嗎？我能相信你嗎？」

「信不信由你，反正你已經吞下去了，」列維說，「你剛才好像很痛苦，所以我才餵你吃藥的。現在是不是好多了？」

萊爾德確實好了很多，那種無法形容、無法理解、不明原因的痛苦消失了。他茫然地點了點頭，不再糾結藥片的事，「我們這是在哪？」

列維誠實地回答：「應該是在『第一崗哨』的內部。」

「哦，崗哨，『獵人』提過這個東西。」萊爾德說。

列維對此並不驚訝，他早就猜到萊爾德從灰色嵌合人那裡得到了某些資訊。他暗暗觀察萊爾德的狀態：瞳孔擴大，表情管理遲鈍，對外界資訊易於接受，刺激靈敏度降低，思維易滲透……是藥片生效了。

列維自己服藥後的反應也是一樣的。某些時候，獵犬需要讓自己處於這種狀態中。

萊爾德看到了石壁上的黑色大字「勿視自我」。甬道裡黑漆漆的，只有這面牆下方燃著一大堆白蠟燭，就像是在刻意強調這句話的重要性。

「這寫的是什麼意思？」萊爾德問。

「不清楚。我和你一樣剛醒來不久。在我們看到方尖碑後，你先昏倒了，然後才是我……」列維不動聲色地撒了個小謊，隱去了信使雷諾茲的事情，「你還記得嗎？」

萊爾德想了想，「記得……你好像在問我關於嵌合人的事情，態度不太友好，我叫你放開我，然後……」

他停下來，表情仍然很放空，「奇怪，我不知道該怎麼形容那感覺……我好像並不是昏倒了，起碼一開始不是……」

他一開始時確實沒昏倒。他醒著，表情無比痛苦，用驚恐的目光望著列維，問「你不是實習生，你是誰」。

列維沒有提這些。一半是出於客觀判斷，另一半是出於直覺。

客觀判斷是：萊爾德處於服藥後狀態，如果他不主動提問，那就是他根本不記得。

而直覺是：列維總覺得最好不要提起「實習生」這個詞。

光是聽到它，他的內心就會冒出一股無名的抗拒，他也說不清是為什麼。

萊爾德呆了好一段時間才繼續說：「當時的感覺好像是，我突然『沒了』……」

「沒了？」列維還真的一時無法理解他的意思。

「你看著我，」萊爾德指指自己，又指指寫著字的石牆，「然後你再看這個，再看周圍……你能看到這一切，但看不到自己。雖然你看不到自己，卻知道自己就在這裡，對吧？你不知道我下一句話會說什麼，也不知道這個破爛甬道會不會坍塌，除了你自己的思維，其實你什麼都不知道，你真正知道的東西就是『自己』。這是我們每個人的日常狀態，只要人活著，就處於這個狀態中，對吧？」

列維仔細思考他的話，點了點頭。確實，這種「僅限自己」的主觀感時時刻刻存在於每個人的感知之中。

萊爾德接著說：「那時我的感覺就是，我一點點地『沒了』。我的第一人稱，我作為萊爾德．凱茨的感覺，全都沒了。」

列維說：「但你又說你沒有昏倒。難道昏迷或者睡眠不是這樣嗎？」

萊爾德抓了抓頭，為無法正確傳達這感覺而有些焦躁，「不是不是……和睡覺不一樣，和昏倒也不一樣。昏倒是完全沒有意識了，等到醒來之後才能知道『剛才我昏倒了』，而我的感覺是，我還在，但我自己不見了……唉，算了，你肯定聽不懂我在講些什麼。」

列維確實沒聽懂，只能試著理解，「你看過關於瀕死體驗的報告嗎？是類似那種感覺嗎？懸浮感、失去對身體的感知等等。」

萊爾德繼續緩緩搖頭，「和那個不一樣……我找不到合適語言來形容它。而且我也不記得那之後的感覺，只能記得發生了這麼一件事而已。」

列維放棄去理解了。也許這本來就是憑語言無法形容的事情，人無法理解自己想像不到的東西。

不過他倒是想到，現在可以趁機問些別的事，「萊爾德，你不是第一次昏倒了。在懸崖邊的時候你也陷入了很奇怪的狀態，那時的感覺和這次一樣嗎？」

萊爾德捏著眉頭，「不一樣……那次是『獵人』抓住了我，然後我……」

列維繼續追問，萊爾德非常配合地從被灰色怪物抓住開始說起，簡述了接下來他的所見所感。

他講得並不是很清楚，有的時候還人稱混亂。比如，提到暴風雨中的大海、主帆上的黑色漆字、海面上出現的門時，萊爾德一下說「他」，一下又變成「我」，而且是在描述同一件事的時候來回變化。

列維一開始有些糊塗，後來也找到了理解的訣竅：把一切人稱代詞都理解成同一個人就行了，不管萊爾德說的是「你」、「我」還是「他」，他口中描述的都是灰色怪物經歷的事。

關於高大的灰色怪物，肖恩和傑瑞習慣稱之為「嵌合人」，艾希莉和羅伊叫它「獵人」。只有列維知道，他應該稱它為導師。

列維初步判斷，是變成怪物的導師將一部分意識贈送給了萊爾德，導致了萊爾德自身的意識出現輕度混亂。

這種「贈送」並不是科幻故事中的洗腦，也不是利用語言進行資訊傳達，它是一種學會內部人員掌握的技藝，通常只有導師才能使用。

然後，萊爾德提到了灰色怪物反覆強調的那句話——

撕毀書頁，處決獵犬，殺掉所有拓荒者。

之前的事情都還好，只有這句話，讓列維面色一沉，渾身緊繃起來。

看到他臉色不好，萊爾德懨懨地擺了擺手，「唉，不用擔心，我不會殺任何人的。雖然在懸崖邊我差點對你開槍，但那時我看都看不清你，根本不知道自己為什麼要那樣做，現在不會啦……」

列維擔心的並不是這個。他很有自信能在關鍵時刻制服萊爾德，只要不是萊爾德在遠處放冷槍就可以。

真正令列維憂心的是，那句話竟然出自一位導師之口。

一位學會早期的導師，拓荒者中的先驅，此人探索了未知之境，經歷了漫長的路途，已經非常接近傳說中的第一崗哨……然後，他竟然認為應該殺死像他一樣的人們。

就算那人已經變成怪物，就算它的行為已毫無人性可言，但在它對萊爾德傳遞這些資訊時，它肯定是清醒的。甚至，也許它根本不是因瘋狂而殺戮，也許它一直都是清醒的……這取決於要如何定義「清醒」。

「它解釋過為什麼嗎？」列維問。

萊爾德雙手撐在膝蓋上，托著額頭，苦苦思索了好一陣，「我想不起來了……混淆，不可混淆，嗯，它肯定提到了這個。更多的我就想不起來了。你是沒和它交流過，你知道嗎？它說話文縐縐的，出口成章，動不動就背詩，真的很難理解……你也知道我根本沒怎麼好好讀過高中，我的知識儲備都來自於學習如何成為靈媒的課程……」

列維笑了笑，知道萊爾德是在說真話。

雖然灰色怪物把一些意識轉移到了萊爾德身上，但這並不意味著萊爾德能全部記住。人們每天都會接收到各種資訊，哪怕是主動去讀的書，也會被自己無情地忘掉，這是很正常的。

藥片讓萊爾德的感知變遲鈍，精神上失去了一部分防線，但這不是自白劑，不會讓他渾渾噩噩，更不會影響他的人格。所以，雖然一開始是列維在提問，漸漸地，萊爾德也會開始琢磨這些問題。

萊爾德歪頭盯著列維，「如果你也是拓荒者，你算是書頁，還是獵犬？」

「你猜？」

「是獵犬吧？」

「為什麼？」

列維暗暗想，剛才萊爾德的敘述中沒有直接提到學會，灰色怪物應該沒有向他直接展示關於學會內部的資訊——這也是列維認為它仍保有理智的原因之一。所以，萊爾德應該並不知道「獵犬」和「書頁」這兩個詞的真正含義。

果然，萊爾德的答案是：「書頁聽起來就很有學問，而你……之前我問你在哪讀高中，你說你十幾歲就開始調查這些事了，很顯然，你和我一樣沒怎麼好好上過學。獵犬這個詞更適合你，而且是流浪狗。嗯……品種是某種獵犬，社會地位是流浪狗……」

列維想，在藥效影響下的人容易表現出更真實的一面，萊爾德的氣質還真是表裡如一。

萊爾德把掛在脖子上的眼鏡拿起來，用默哀的眼神注視著。眼鏡配了掛鍊，一直掛在他脖子上沒有丟失，鏡架從中間折彎了一點，萊爾德又折了回去，還能將就著戴。

萊爾德重新戴上眼鏡，發現它已經無法視物了。鏡片沒有碎，只是布滿了劃痕和裂縫，粗糙得像一塊毛玻璃。

於是他乾脆把鏡片敲了出來，把一副空鏡架繼續戴在臉上。

列維看著他，「所以，它不僅是個平光眼鏡，還是玩具所以才用了塑膠鏡片？」

「戴眼鏡會有一種安全感，」萊爾德說，「將來你可以試試，體驗一下。」

接著他提議道：「接下來怎麼辦？既然這裡是崗哨內部，我們是不是最好到處走走，做點什麼？」

「我同意，」列維說，「因為看你有點虛弱，所以我沒好意思催你，免得你又譴責我冷酷無情不尊重人什麼的。」

「難道脫我的衣服就很尊重我嗎？」

列維聳聳肩，「我得檢查你有沒有受傷。結果還真的有，雖然是很久以前的傷痕。」

萊爾德沒有馬上回應這句話。也不知是他對此難以釋懷，還是藥讓他對這話題的反應變遲鈍了。

他把手提箱斜背好，按下了把手處的一個按鈕。箱子朝前的側面某處射出一道柔和的白光束，能呈錐狀照亮前方大約六米範圍。

列維感嘆道：「這是英國軍情六處的裝備嗎？」

帶。

「他們的裝備才沒有這麼簡單粗暴。」萊爾德調整了一下手提箱上不倫不類的肩

「說得好像你見過很多似的。」列維故意說。

萊爾德看了一眼牆上的「勿視自我」，轉過身，讓LED光束對著綿長黑暗，向甬道更深處走去。列維背好背包，拎著斧頭，跟在他身邊。

一段時間內，寂靜的甬道裡只有兩人的腳步聲，盡頭寫著字的牆壁已被遠遠拋在了背後的黑暗裡。

萊爾德走在側前方，列維斜眼望去，只能看到他的小半張側臉。從前萊爾德喜歡梳老氣的油頭，現在他的金髮全部散開，凌亂地遮在面頰和鬢邊，他的神職人員長袍也變得皺巴巴，衣領沒有扣緊，白環領早就丟失了，整個人看起來很像那種在驅魔儀式中被惡魔狠狠羞辱過的神父。

列維默默思索著他們之前聊過的內容，以及進入崗哨之前的事。

信使說萊爾德有資格進入第一崗哨，還說他「有著在不同層次的視野中穿梭的罕見資質」。也許這和灰色怪物對萊爾德做的事有關，但列維尚不明白什麼叫「在不同層次的視野中穿梭」。也許這是指某種天賦，應該是學會所肯定、所需要的。就像能成為導師的人也都有著某種天分一樣。

列維本想找機會和戴面具的信使聊聊，可惜在他醒來後，信使已經不見蹤影了。

列維並不急於尋找信使。這種情況是正常的，來去匆匆才是信使的常見狀態。他們通常都不負責解釋太多，只負責傳達關鍵資訊。其他信使也總是這樣。

當然也有特別愛聊天的信使，他們是少數。列維見過一兩個這樣的人，一個是和他在速食店交接的女孩，還有一個是紅櫟療養院的老警衛。想來也奇怪，他和老警衛的交流並不多，卻一直對那人有個「很愛聊天」的印象。他還想到，老警衛見過小時候的萊爾德，不知他是否也見過小萊爾德是如何故意自殘的。

沒想到，萊爾德也正在琢磨同一件事情。他忽然說：「對了……你看到我身上的傷了，是吧？」

「要是我說沒看見就太假了。」列維說。

萊爾德說：「別忙著同情我，那並不是被醫院的護工打的，他們再粗暴也不敢太過分，畢竟誰都不想吃官司。」

列維說：「我沒有同情你，我能看出來那是你自己幹的。而且那些疤痕新舊不一，並不都是十幾年前留下的吧，你出院後也一直在對自己幹這種事，對吧？」

萊爾德的腳步頓了頓。

列維的聲音從他側後方傳來，「而且，我知道你為什麼那樣做。」

不是要以此博取大人的關注，也不是為了製造被虐待的假象好向父親告狀，甚至不是因為太過痛苦而以自殘來發洩……

他是為了痛，為了感受痛苦。

在疼痛造成的恍惚中保持高度專注，以便察覺到平時無法感知的東西。這並不是他最近才掌握的技巧，他從少年時代起就開始嘗試了，而且已經相當熟練。

列維問：「你小時候很怕看到『門』，為什麼後來又變得想看到了？一般的小孩可沒有為此割傷自己的魄力。」

萊爾德說：「怕到一定程度，就很想看看自己到底是在怕什麼。」

「心態不錯。」列維說，「除了我們這次，之前你成功過嗎？比如很清楚地看到門，而不僅僅是聽到和感覺到。」

「有一次接近成功過，差不多是我十四歲的時候吧……但那次我沒保持多久，感覺很快就消散了。後來我再試，漸漸就越來越不行了，我對小傷的疼痛越來越適應，適應之後就沒用了，但我又不能做得太過火，畢竟我也很怕弄死自己。」

列維說：「你可以找一些保證不會失血過多的方法。」

「我試過很多，針，骨折，藥物……」萊爾德深深地嘆氣，似乎回憶起了每一個單字代表的感受，「並不是全都好用，有些還反而讓我變得更遲鈍了。即使是在比較成功的嘗試中，我也只是能提高感知，並不能很清楚地看到『門』……」

他回頭看列維一眼，笑了出來，「然後我發現，和你合作似乎很不錯。」

「什麼意思？」

「你打我打得很好，疼痛程度非常完美，既不會過於嚴重，也不會沒作用。你可真有天分。」

萊爾德的用詞讓列維起了一陣雞皮疙瘩，「未成年們不在場，你就開始毫無顧忌了是吧？」

「我只是隨便聊聊天，」萊爾德的語氣帶著笑意，「你真有趣，在言語上這麼嚴格，在行為上卻能偷偷脫別人的衣服。」

列維意識到，萊爾德不僅相當介意這些傷痕，而且他現在很緊張。他平時就很多話，緊張的時候就嘮叨得更嚴重，除非他的緊張程度到了某種臨界點，那麼他就會嚇到意識模糊，變得安靜下來。

列維說：「你怕被人看到那些傷，並且還因此討厭肢體接觸？你可以試著放鬆點，如果有人問起來，你就說是上學時混過幫派，打過群架，沒人會笑你。」

萊爾德搖了搖頭，「那些傷也無所謂了。我確實不願意被人看到，但是……你看到就看到吧，反正你是個怪人，你肯定不介意多看點怪事。」

列維剛想針對這句發表一些看法，萊爾德接著說：「至於肢體接觸……你猜對了，我很討厭那樣。」

「有多討厭？」列維問。

萊爾德停下腳步，轉過身面對他，手提箱上的燈光直射過來，讓列維皺眉瞇起眼睛。

萊爾德的表情非常嚴肅，語氣也帶有懇求之意，「我很怕被人抓住肩膀，也很怕擁抱，至少在我清醒的時候不行。當然，正常情況下我能忍耐一段時間，不會因此大呼小叫，更不會暈倒……之前我突然倒下應該是個意外，我並不明白其中原因。不管怎麼說，肢體接觸對我來說真的很痛苦，我希望你以後不要這麼做。如果是在特殊情況下必須這麼做，你最好提前告訴我一聲，讓我做點心理準備。」

「我明白了，」列維說，「是不是類似某種恐懼症？也許可以治好。」

萊爾德說：「也許可以吧，但我這輩子都不想再和心理治療、精神科之類的東西有任何牽連。」

這原因十分可以理解。列維點點頭，「好吧。你是從什麼時候起害怕這個的？出院後嗎？」

萊爾德認真回憶了一下。不是出院後。在他更小的時候，他就開始害怕肢體接觸了。現在想起來，應該是五歲的那次失蹤後，從那時起他就很害怕被人擁抱。他甚至連分量重一些的被子都害怕過，好在後來症狀減輕了一點。

五歲以後，他被外祖母擁抱過，也被父親擁抱過，他閉著眼顫抖的模樣，被大家理解成了對之前種種遭遇的恐懼。長大一點之後，他就能放鬆很多了，因為身邊沒有人會再擁抱他。父親和繼母都不怎麼在家，他也沒有任何同齡朋友。

再之後，住院期間的經歷加深了他的恐懼，因為醫護人員總是免不了要接觸到他。普通的身體檢查還可以，他能接受，而當護工抱著他往房間拖的時候，他會渾身發抖，害怕得說不出話來，還很難壓抑住想反抗的衝動。

萊爾德一邊回憶一邊說：「對了，握手或者短暫地拍拍肩之類的我都能接受，並不會害怕，你也不用過於小心。」

列維說：「嗯，拍你的腦袋時你好像也不太抗拒。」

萊爾德笑道：「只要你別那麼用力，就像……」

他想說的是，就像過去一樣……

話到嘴邊，他沒有說出來。

實習生總喜歡順手拍他的頭。叫醒他的時候，誇獎他的時候，開玩笑的時候，揉亂他的頭髮之後還要故意再推他的腦袋一下。十幾歲的少年有時候沒輕沒重，小時候的萊爾德很希望自己能長高一點，起碼能有還手的機會。

萊爾德的腳步緩慢下來，又陷入了呆滯。

列維問：「剛才你想說什麼？」

萊爾德的眼神短暫地陷入混沌，又很快清明了起來，「我……突然想到一個問題！」

「什麼？」

「你看這地方，」萊爾德對前方的黑暗比劃了一下，「我們走多久了？周圍一點變化都沒有，沒有拐彎，沒有岔路。」

「耐心一點。」列維說。畢竟這裡是第一崗哨，連學會內部人員都不瞭解它。

其實列維也覺得有點古怪，信使給的指示未免太少了。信使說「崗哨內的一切，您能領會的一切，均為指示」，現在他走了這麼久，除了一開始牆壁上的那行字以外，他再也沒看到任何帶有引導意味的東西。

萊爾德的一隻手不自覺地撫上胸口，稍稍抓緊衣服，「也許這裡並不是『沒有變化』，而是我們沒有看到變化！如果肖恩在這裡，說不定他已經發現別的什麼東西了，我們都沒有他敏銳。但這不要緊，我們有別的方法……」

列維立刻明白了他的意思，「我覺得不行。」

「可以試試看，」萊爾德說，「我相信你。」

列維說：「你忘了嗎，在這地方受傷可不是鬧著玩的。想想羅伊和艾希莉。」

萊爾德說：「那不一樣。在正常的世界裡，他們受的傷足以致命。而我們需要的傷痕和那種程度的巨創有著本質區別。你看到我的腿上的傷了，它們發炎了嗎？」

「沒有。」

「它們癒合得好嗎？」

「不好。」這是事實，列維查看過不只一次，萊爾德腿上的傷既沒有變嚴重，也沒有好轉的跡象。

萊爾德忽然伸手，揪了一下列維的衣袖朝後的部分，「你身上的擦傷也沒有什麼變化。」

列維歪過頭，摸了摸萊爾德指的位置：「我哪受傷了？」

之前他察覺到自己的襯衫上有一些小磨損，像是被什麼東西勾壞了。現在經過萊爾德的提醒，他仔細檢查，才發現那不僅僅是衣服被擦破，他的皮膚上也有零散的細小擦傷。傷口主要出現在肩部和上臂後側，腳踝上也有一兩處，除此之外，他的攝影背心背部和牛仔褲後面也有些小破口，也許是因為布料厚實，相應位置的皮膚並沒有受傷。

他把手指戳進襯衫肩膀上的裂口裡，指腹沾到了一點血跡。他肩上的細小傷口既沒有惡化，也沒有癒合。

萊爾德難以置信，「你遲鈍到這個地步嗎？一點都不痛？在谷底的時候你被灰色怪物掐暈了，他把你扔到地上，幸好羅伊把你扛起來了，你才沒有被紅土地吃掉。」

列維觸摸到傷口的時候才第一次留意到刺痛，之前還真的不怎麼痛。

「這麼小的傷口，照理來說早該結痂了。」列維看著自己的手指。出血不多，但血的顏色很新鮮。

萊爾德抱臂而立，故作深沉地慢慢點頭，「你終於留意到了？你看，我們的傷不癒合，也不惡化。還有呢……你摸摸自己的下巴。」

「怎麼？」列維還真的摸了一下。

「我們進來的時間很久了，體感至少有好幾天了吧。」萊爾德說，「我們一次也沒刮過鬍子，下巴還是乾乾淨淨。」

列維點點頭，確實如此。他們的傷口不會結痂，鬍子沒有變長，不會餓和渴……還不只這樣，他們甚至根本不會想上廁所。剛剛進門之後，在那棟奇怪的陌生房子裡，萊爾德曾經上過一次廁所，但也僅限於那一次了。可以理解成，那是從「外面」帶進來的需求，一旦紓解，就不會再產生新的。之後的一路上，他們幾個人誰也沒有產生這些正常人應有的欲望。

他們會因為奔波而睏倦，在休息後能夠緩解，但傷口卻不會進行正常癒合，哪怕是再小的傷也一樣。

甚至他們的「疲憊」也很可疑。正常來說，人類即使在家裡安逸地躺著，也需要定期進入睡眠，而不是僅僅在勞心勞力之後休息。而他們幾個進入門後，體感時間也有好幾天了，他們每個人的睡眠時間都很少，根本達不到正常人應有的標準，但他們只要一直不怎麼累，就可以一直醒著。

某種意義上說，這地方真的是一個「永恆」的世界。

萊爾德接著說：「艾希莉提醒過我們，可以吃外面帶來的藥片，不要吃這裡的東西……當然，我們也並不想去吃。我們不攝食，身體就不會發生改變，傷口就無法痊癒。與此相對的是，我們已有的傷也不會變嚴重。所以你看……我們可以試試『那個』嘛。」

「你的結論並不正確，」列維說，「之前你也說了，太輕的疼痛沒用。」

萊爾德說：「我們在門外的情況也差不多。那時我的要求也是『不要有危險、不要影響我行動』，現在情況沒什麼不同，甚至還更安全了。反正我又不會去吃東西。」

「你能保證一定不會嗎？」

「這根本不用保證，我們和艾希莉他們的情況並不一樣。他們幾乎被撕碎了，然後在不知不覺的情況下被迫進食，等他們清醒過來，他們已經開始變化了。而我們一開始就知道不能吃東西。」

列維嘆口氣，「這倒是有一定的道理……但如果你再受傷，你就得拖著更多傷痕，而且它們會一直好不了。」

萊爾德聳聳肩，一臉無所謂的樣子，彷彿要承受痛苦的不是他一樣，「這方面是我很擅長的領域。」

但是不行。列維不會同意。

因為他心裡很清楚……萊爾德被他餵了學會的藥片，敏銳度降低了。降低的只有洞察力方面的「敏銳」，可並不包括正常五感。也就是說，如果他需要依靠疼痛來提升感知，他的閾值肯定提高了。他需要比之前更強烈的劇痛，才能開啟更敏銳的視野。

列維知道這種藥的特性，如果大量服藥，效果可以疊加。可現在的情況是，他們之前吃進去的藥還在發揮作用，而且藥效不一定能完全消退。

藥片的設計本意是保護拓荒者的精神。列維不禁想像，如果有某位導師或獵犬耗盡了所有藥片，卻依舊因為過度敏銳而陷入瘋狂……那麼，他在最後究竟會面對怎樣的奧祕？連最遲鈍的、幾乎被封閉的心靈，也會被這些奧祕刺中，因知曉而燃燒。

列維說：「還沒到必須這麼做的時候。我們才走了沒多久，也許前面的情況會不同。」

「好吧，」萊爾德說，「那我們先繼續走。不過你可以提前準備一下了，想想新的創意什麼的。」

列維走在萊爾德身邊，陷入懊惱與焦慮。

他不該給萊爾德那片藥的。但當時萊爾德一副要發瘋的樣子，他認為有必要幫他平靜下來。

但……如果萊爾德是對的呢？如果周圍真的有他們未能發現的東西……轉念一想，列維又否定了這個可能性。

這裡是第一崗哨，是積累著一代代拓荒者足跡的地方，如果他未能及時履行職責，信使就會來再次為他傳達指令。

自稱「雷諾茲」的信使過於語焉不詳，除了在方尖碑附近的對話，疑似是他留下的指令就只有那句「勿視自我」……

「等等！」想到這裡，列維突然意識到了什麼。萊爾德停下腳步，表情有點緊張。

「勿視自我，」列維說，「你怎麼理解這句話？」

「不要反省？」萊爾德想了想，「或者，不要照鏡子？不要看自己的身體？」

列維問：「心理上的先不論，先說最直觀、最簡單淺顯的部分——我們看自己了嗎？」

「我們沒有鏡子之類的東西，連我的眼鏡都刮花了。」

「不是，」列維抬起一隻手，「我們能看到自己，即使只是身體的一部分。」

萊爾德想了一下，露出微微驚訝的表情，「你是說……」

列維說：「除了那面牆邊的蠟燭，這條通道的深處原本並沒有光線。所以，不妨試試看……」

他把那隻抬起的手伸給萊爾德。

「雖然這樣有點肉麻，但是安全起見，我們最好把手牽在一起。你能接受這種程度的肢體接觸吧？」

萊爾德點點頭，握住了列維的手。列維發現他的手沒什麼力氣，手心還有一層冷汗。

「關掉你箱子上的燈。」列維說。

萊爾德依言照做。

他們已經走出了很遠，起點處的燭光早就完全消失了。

甬道內陷入絕對的黑暗。

——《請勿洞察02》完

高寶書版集團
gobooks.com.tw

BL067

請勿洞察02

作　　者　matthia
繪　　者　mine
編　　輯　林雨欣
校　　對　薛怡冠
美術編輯　林鈞儀
企　　劃　李欣霓
排　　版　彭立瑋

發 行 人　朱凱蕾
出　　版　英屬維京群島商高寶國際有限公司臺灣分公司
　　　　　Global Group Holdings, Ltd.
地　　址　臺北市內湖區洲子街88號3樓
網　　址　www.gobooks.com.tw
電　　話　(02) 27992788
電　　郵　readers@gobooks.com.tw（讀者服務部）
　　　　　pr@gobooks.com.tw（公關諮詢部）
傳　　真　出版部　(02) 27990909　行銷部 (02) 27993088
郵政劃撥　50404557
戶　　名　三日月書版股份有限公司
發　　行　三日月書版股份有限公司/Printed in Taiwan
初版日期　2022年5月

國家圖書館出版品預行編目(CIP)資料

請勿洞察/ matthia著.-- 初版. -- 臺北市：三日月書版股份有限公司出版：英屬維京群島高寶國際有限公司臺灣分公司發行, 2022.05-
　冊；　公分. --

ISBN 978-986-0774-86-3(第2冊：平裝)

857.7　　110020334

三日月書版

三日月書版

GOBOOKS
& SITAK
GROUP©

GOBOOKS & SITAK GROUP©